冰心儿童图书奖获奖作家作品

获奖作家独特的文学视野
四季节绵长的青涩与甘甜

开在窗玻璃上的花

乔迁 著

中国书籍出版社
China Book Press

图书在版编目（CIP）数据

开在窗玻璃上的花 / 乔迁著.—北京：中国书籍出版社，2018.3
ISBN 978-7-5068-6810-5

Ⅰ.①开… Ⅱ.①乔… Ⅲ.①小小说—小说集—中国—当代 Ⅳ.①I247.82

中国版本图书馆CIP数据核字（2018）第062743号

开在窗玻璃上的花

乔　迁　著

丛书策划	牛　超　蓝文书华
责任编辑	牛　超
责任印制	孙马飞　马　芝
封面设计	欧阳永华
出版发行	中国书籍出版社
地　　址	北京市丰台区三路居路97号（邮编：100073）
电　　话	（010）52257143（总编室）　（010）52257140（发行部）
电子出箱	eo@chinabp.com.cn
经　　销	全国新华书店
印　　刷	北京一步飞印刷有限公司
开　　本	710毫米×1000毫米　1/16
字　　数	210千字
印　　张	12.5
版　　次	2018年6月第1版　2018年6月第1次印刷
书　　号	ISBN 978-7-5068-6810-5
定　　价	32.00元

版权所有　翻印必究

目录
CONTENTS

一枚瓶盖⋯⋯⋯⋯⋯⋯⋯⋯⋯⋯⋯⋯⋯⋯⋯⋯⋯⋯⋯001

爱⋯⋯⋯⋯⋯⋯⋯⋯⋯⋯⋯⋯⋯⋯⋯⋯⋯⋯⋯⋯⋯003

开在窗玻璃上的花⋯⋯⋯⋯⋯⋯⋯⋯⋯⋯⋯⋯⋯⋯006

不要晒脸⋯⋯⋯⋯⋯⋯⋯⋯⋯⋯⋯⋯⋯⋯⋯⋯⋯⋯010

让妹妹好好读书⋯⋯⋯⋯⋯⋯⋯⋯⋯⋯⋯⋯⋯⋯⋯014

与百万富翁擦肩而过⋯⋯⋯⋯⋯⋯⋯⋯⋯⋯⋯⋯⋯017

儿　媳⋯⋯⋯⋯⋯⋯⋯⋯⋯⋯⋯⋯⋯⋯⋯⋯⋯⋯⋯019

救　助⋯⋯⋯⋯⋯⋯⋯⋯⋯⋯⋯⋯⋯⋯⋯⋯⋯⋯⋯022

护旗手⋯⋯⋯⋯⋯⋯⋯⋯⋯⋯⋯⋯⋯⋯⋯⋯⋯⋯⋯024

爱情的滋味⋯⋯⋯⋯⋯⋯⋯⋯⋯⋯⋯⋯⋯⋯⋯⋯⋯026

校长的右手⋯⋯⋯⋯⋯⋯⋯⋯⋯⋯⋯⋯⋯⋯⋯⋯⋯029

武　子⋯⋯⋯⋯⋯⋯⋯⋯⋯⋯⋯⋯⋯⋯⋯⋯⋯⋯⋯033

谁知盘中餐⋯⋯⋯⋯⋯⋯⋯⋯⋯⋯⋯⋯⋯⋯⋯⋯⋯036

握　手⋯⋯⋯⋯⋯⋯⋯⋯⋯⋯⋯⋯⋯⋯⋯⋯⋯⋯⋯039

笑　脸⋯⋯⋯⋯⋯⋯⋯⋯⋯⋯⋯⋯⋯⋯⋯⋯⋯⋯⋯042

借　钱⋯⋯⋯⋯⋯⋯⋯⋯⋯⋯⋯⋯⋯⋯⋯⋯⋯⋯⋯045

谁的责任⋯⋯⋯⋯⋯⋯⋯⋯⋯⋯⋯⋯⋯⋯⋯⋯⋯⋯048

好　景⋯⋯⋯⋯⋯⋯⋯⋯⋯⋯⋯⋯⋯⋯⋯⋯⋯⋯⋯051

路　过⋯⋯⋯⋯⋯⋯⋯⋯⋯⋯⋯⋯⋯⋯⋯⋯⋯⋯⋯054

站直了	056
上　学	059
谁叫你没能耐呢	062
说　谎	064
谁叫我是你爸爸	067
锁	070
一元钱	073
谁敢误人子弟	075
窗	078
折竹签	081
你就是不能打我	084
谁言寸草心	087
抹灰工老张	090
平　头	093
谁看见了小偷	095
我是这样成为考古学家的	099
一只鸟	102
包谷熟了	104
锄禾日当午	107
干啥吃咱一顿饭	110
婚　事	112
来一杯白水吧	115
文化乡长李大为	118
弟　兄	121

逼上梁山	124
刺　秦	126
猎　貂	129
饭　碗	131
玩　笑	134
反问语	137
您喝多了	140
手机是可以做手雷的	143
汇报材料	146
温暖啊温暖	149
扫　寻	152
健康很重要	155
谁是领导	158
我要告你的	161
生　日	163
谁是贼	166
名牌西装	170
绑　架	173
把门狗	176
谁的孩子	178
谁陪着	182
谁有病	186
超前意识	189
及时烟	192

重要位置…………………………………………………… 195
你看你能做什么………………………………………… 197
谁坐公交车……………………………………………… 199
减　肥…………………………………………………… 202
找朋友…………………………………………………… 205

一枚瓶盖

回家的路上，总能看见一个六七岁的孩子，很小心翼翼地从地上捡起一枚瓶盖，捡起瓶盖抬起头的那一瞬间，他灿烂的笑容深深地打动着我。有一天，我忍不住好奇走过去，走到孩子的面前，问孩子："你天天捡瓶盖做什么？"

孩子对一个陌生人突如其来的提问感到不自然，脸有些红，不太情愿地说："给我的爷爷呗！"

我问他："爷爷要瓶盖做什么？"

孩子的脸突然涨得紫红，低垂眼睑蚊子似的小声说道："爷爷……是捡破烂的。"

我一下子被孩子感动了，这是一个多么好的孩子啊！他知道给捡破烂的爷爷捡瓶盖。我摸摸孩子的头，赞赏孩子说："你真是一个懂事的好孩子。"

孩子毕竟是孩子，我的称赞使他的脸上有了一丝得意，他的脸也不再紫红，他说："可是，爷爷很脏，爸爸妈妈不让我找爷爷。"

我为孩子的父母感到羞愧。我注视着孩子的眼睛说："你是不怕爷爷脏的，对吧？"

孩子眨动着眼睛，摇摇头胆怯地说："也怕！"

我的心抽搐了一下，从孩子的手中拿过瓶盖问孩子："那你怎么还给爷爷捡瓶盖呢？"

孩子转头四周看了看，然后神秘地凑到我耳边说道："叔叔，我告诉你，我一回就捡一个。"

"一回就捡一个，为什么呀？"这也正是我想问孩子的。我发现孩子确实是一回只捡一枚瓶盖的。

孩子的回答让人意想不到，孩子说："多了也没用。"

"怎么没用呢？你知道爷爷要瓶盖做什么吗？"我不快地问孩子。

孩子的回答十分响亮："怎么不知道啊，换钱呗。"

我觉得我应该开导一下这个孩子了，我对孩子说："爷爷为什么要捡破烂换钱呢？你就捡一个瓶盖能卖多少钱呀？"

孩子却笑了，他的笑明显带有对我的轻蔑，不屑地对我说道："叔叔，你可真傻，我捡一个瓶盖给爷爷，爷爷就会给我买很多很多好吃的……"

我一下子惊呆了，这是一个多么"聪明"的孩子呀！我突然感到呼吸困难，眼睛发胀发酸，慌忙逃离了孩子。

可是，这个孩子幼小的心灵能够摆脱手中的瓶盖吗？

爱

他是一名医生,他的妻子是一名护士,他们工作在同一所医院。春天来临了,他们感觉很幸福。并不是因为春天来了感觉幸福,而是因为他们有了爱情的结晶,他们的孩子即将出生,这让他们有一种惶惶的要为人父人母的幸福感。

这天早上,他对休息在家的妻子说:"明天你就回医院住院吧,同事们还问你呢!"他的妻子笑笑,点点头。他过来,两手环拢着妻子的腰,耳朵轻轻贴在妻子隆起的肚子上听,仰着脸兴奋地对妻子说道:"他不想呆在里面了,真要出来了。"然后一脸幸福地上班去了。

这时候,SARS已经在南方城市出现了。这里虽然还没有,但已是高度紧张了,他和同事们一样,心里都悄悄地庆幸着SARS没有光临这座城市。他们知道SARS的危害性。如果这座城市出现了SARS患者,那么,他们的医院是接收SARS患者的合格医院。作为医生、护士,他们知道他们将面对和意味着什么。

他所担心的事情终于还是来临了。事情的发生对他来说还具有一些戏剧性,当他做完手术从手术室出来的时候,这座城市第一例SARS患者也住进了他们医院,同时,他和医院里所有的医生护士一样,失去了走出医院大门的自由。

就在被告知不能走出医院大门时,他接到了妻子的电话。妻子在电话里痛苦地叫道:"你快回来吧,我肚子痛得厉害,怕要生了!"

他手猛地抖了一下,电话险些脱手。但他迅速镇定下来,他是一名技术和心理都十分优秀的医生。在一次次的大手术中对突发问题他都能够用最短的时间稳妥地处理好。他对电话里呻吟的妻子说道:"我现在不能回去。医院里有了非典型性肺炎患者,所有的医护人员全部不准走出医院大门。"

妻子焦急地喊道:"我很疼,是真的要生了。"

他脑门沁出了一层细密的汗珠,他不知道怎么办。他想放下电话去找院长,但这个念头只是闪了一下,立即消失了。他知道他不能那么做。现在,他们每个医护人员都可能是"非典"病源的携带者。他立刻对电话那边的妻子说道:"现在,只有靠你自己了,别忘了,你是个护士,我相信你……能够做到……"他感觉到自己的声音在剧烈地颤抖。

他听到了妻子大声喘息的话语:"你等着,我打电话给你。"

电话挂断了。他握着话筒,一脸的汗水。他和妻子都是从外地来到这座城市的,在这座城市里,他们没有一个亲人。

等待是痛苦不堪的,每一分钟他都感觉像经过了一个漫长的黑夜,他在无边的黑暗中艰难地跋涉着,焦灼而心痛地寻找着黎明。不知过了多久,电话响了,他猛地睁开眼睛,一缕阳光从窗外射进来,落在他的脸上。他缓慢地拿起电话,一声嘹亮的婴儿啼哭声从电话里跑了出来。一刹那,泪水夺眶而出。身后响起了一片激动热烈的掌声,许多同事不知什么时候站在了他的身后,正目光殷切地望着他,祝福着他。

妻子疲惫的声音传来:"你不用担心我,整个楼的人差不多都来了……"

电话里传来一个中年妇女的声音:"你放心吧!你爱人就交给我们了,等你回来时,保证你爱人和孩子都白白胖胖的。"电话里响起了几个妇女欢快的笑声。

他哽咽着道:"谢谢,谢谢你们。"

放下电话,他和他的同事们微笑着出现在了患者面前。

不断有SARS患者被送来，每位SARS患者都看到了一张张快乐迎接他们的笑脸，像春天的微笑。他和他的同事们把这春天的微笑送给了每一位患者，让他们看到希望和阳光，让他们用微笑去战胜死神。

他不幸感染了SARS病毒。

作为医生，他知道这意味着什么。他透过病房的玻璃望了望医院大门，大门外的街道上偶尔有一两个人匆匆走过，白色的口罩像一道闪电，刺痛了他的眼睛。

他把电话打给妻子，用手机在病房里打给妻子，他平静地对妻子说道："我感染了。我真想看一眼你和孩子。"

他听到了妻子的哭声。

他笑笑说："别哭，还没那么严重。你把奶哭没了饿着我儿子，我可饶不了你。"他努力地对妻子玩笑着说。

他喘息渐渐困难了，他知道，同死神争夺生命存在的时刻就要来临了。他说："我可能不再给你打电话了！"

他听到妻子不容置疑的口气："别忘了，你是一名医生，你有在死神手里夺回生命的能力，我相信你……能够做到……"

一周后，他妻子接到了他的电话。

他声音微弱，但透着丝丝活力。电话接通后，他对妻子说道："让我们的儿子接电话。"

开在窗玻璃上的花

他回到家的时候，新闻联播已经开始了。

妻子躺在沙发里，拿着一本书看。她总是这样，让电视作为收音机伴随着她读书。他进屋，妻子就起身，把早已做好的饭菜端来，然后俩人默默地吃饭，不时地望一眼电视。妻子已不再唠叨他回来得晚了，因为他经常要忙到这个时候才回来，妻子不得不习惯他的晚归。

电视里出现了一幅北方城市举办冬运会的画面，他突然停下筷子，望着电视屏幕，他注意到画面里的人呼出的团团白雾，还有从天空飘飘飞落的雪花……他瞬间迷失了自己，神情迷离，自语地说道："我的老家，也该是隆冬了。"

妻子就好奇地瞪大眼睛去瞧屏幕，那幅画面已经闪逝了，她是一个从没有经历过寒冷的冬天和见过落雪的南方女人。她望着痴迷的丈夫说："你老家冬天里也是冷得窗玻璃都结冰吗？"她是从书里面读到的。

他醒过来，把目光投向了窗户，透过窗玻璃清晰地望见了窗外昏暗中的一片绿色。幽幽地说道："是的，冬天里窗玻璃都开花。"

"开花？"妻子把目光惊奇地投向他，她问："窗玻璃怎么能开花呢？是贴的那种剪纸花吧。"

他收回目光，望着妻子，没有回答她。他觉得这是一个相当难以回答的问题，他已经有十年没回北方的老家了，老家寒冬里开在窗玻璃上的花，已经在黯然流逝的记忆里开始融化，小溪流水般地奔向远方……他说："不，不是剪纸，是窗花，自然形成的，在窗玻璃上结成的冰花，只有寒冷的北方冬天里才能生成，很美，很漂亮。"

妻子就凑到他的眼前，仰着脸有些天真地问："那花开得很大吧？"

"大，大！"他突然跳起来，神情昂奋，激动不已地说道："我要回老家，看看老家的窗花。"他觉得他一时一刻都不能再等下去了，仿佛冬天会在一夜梦醒后就过去了，明天的老家就会是春天般的温暖。

老家的春天就像这里一样，是不会有窗花的。"我现在就走。"他说。

妻子惊讶地张了张嘴，起身去给他整理行装。她知道他决定的事情是不容更改的，她能理解他现在是一种什么样的心情。她喜欢男人雷厉风行的劲头。她把背包挎在他的肩上柔柔地说："我不跟你回去了，给妈妈她老人家问好，让她原谅我这个不孝的儿媳。"妻子说话的声音像是被寒风吹着了，颤颤地让人觉得冷。

他微笑着点点头，他想不出生在南方长在南方的妻子能否承受得了北国的寒冷。他说："我回来告诉你窗玻璃是怎么开花的。"

他坐了三天三夜的火车，又倒了两次汽车，才回到老家。

年迈的母亲有些不敢相信眼前站着的就是自己的儿子，她已经有十年没有见到他了，但她每年都会收到儿子寄给她的一大把钱。

他站在母亲的面前，突然间感觉到母亲忽远忽近……

他对母亲说："儿媳要跟回来看你，我没让。"母亲笑笑说："看我干什么，咱这儿还不冻坏她。"母亲仔细地端详着他的脸，满意地说："她对你好吧！"

他使劲地点点头。

母亲说："那就好。"

从他进屋的那一刻起，母亲就不停地烧炕。母亲把炕烧得滚烫滚烫的，热得他都不敢用手摸。他问母亲："早晨的时候，窗玻璃还结冰花吗？"

母亲迟疑了一下,说:"结,还是很厚的一层。这比不得南方……"
他欣慰地笑了。

他一夜睡得十分踏实,香甜。他找到了童年时的感觉,在外边疯够了,跑累了,回到家中一头扎在母亲的怀里,躺在母亲烧得热烘烘的火炕上,让母亲揉着冻红的小脸……一觉醒来,天就会大亮,屋里的凉气便会向他压来,使他赖在暖被窝里不愿起来,在母亲"太阳已经照腚"的笑骂中飞快地穿上母亲已经用自己的被窝捂热了的棉袄棉裤。

他醒来时,天真是大亮了。屋里是温热的,炕还热得有点烫脊梁,根本就感觉不到一丝凉气……他慌忙坐起身来——看见了清晰透亮的窗玻璃。

母亲进来,给他端来冒着热气的洗脸水。他想问问母亲,窗玻璃怎么没有结冰花呢?他害怕母亲问他问这个干什么,他不知道该怎样来回答母亲。他想,明天他醒得早一些就是了。

入夜,他在睡梦中被一阵轻微的瑟瑟声闹醒了。他看见了一丝火光,从灶间里透出来。他慌忙地跳下炕,扑向灶间,他想到失火了。扑进灶间——他瞧见母亲正不时地往灶口里添柴,红红的火光闪映着母亲一张慈祥而又苍老的面容……那一直热得烫手的火炕,原是母亲夜间在不断地烧着柴火。

母亲看见他,立刻大叫起来:"快进去,快进去,冻着。"母亲过来推他,母亲的力气很大,让他无法站稳,他又回到了热乎乎的被窝里。

他心酸地对母亲说:"不冷,别烧了。"

母亲就笑说:"忘了你小时候冻得不起炕的时候了。你在南方都呆惯了,北方的冬天这么冷,你哪还受得了。"

他说:"跟我去南方吧,南方不冷。"

母亲摇摇头说:"不,我不去,南方热得要命,我在这里呆惯了,离不开。"

他有些忧伤,不说话。

母亲感觉到了他的忧伤,母亲说:"你年年给我邮那么多钱,全村人都夸你有孝心，那么远还惦记着妈……其实，妈跟你一样，就是呆得顺服了，顺服了，南方北方都一样，还不都是一个活。"

母亲的脸有些红，屋里此时的温度那么像南方，甚至比南方的温度还要高。他说："妈，不用再烧了，够热的了。"

母亲伸手给他掖了掖被角，说："睡吧，烧热点免得冻着你。"

他固执起来，像个孩子似的说："妈，你也睡吧，你不睡，我就不睡。"

母亲就笑笑说："睡，我这就去睡。"

母亲走后，他一直没睡，他又听到灶间不断地响起母亲往灶口里续柴火的沙沙声，他在沙沙声中泪水汹涌。

天色将明的时候，他却睡着了。等他醒来的时候，他看见了窗外纷扬的雪花。下雪了，气温又降了，而眼前的窗玻璃还是没有一点冰花，他清澈地看见雪花旋转着落下来。

母亲睡着了，睡得很香，靠在他的脚旁。窗前不知什么时候母亲放了两个火盆，一缕青烟袅袅升起。

袅袅青烟中他看见了自己小时候，常常在下雪的早晨，趴在窗台上，用舌头舔、吹气去融化窗玻璃上厚厚的冰花，那一幅幅茂密的森林，形状各异的冰雕一圈圈地融化了，透过玻璃去看落雪……

他把目光收回来，去看母亲，母亲睡熟的脸上挂着浓浓的笑。母亲满头的白发渐渐模糊了他的眼睛，他喃喃地说道："花开了……"

他回到了温暖如春的南方。

妻子欢喜地迎上来，兴奋地说："电视里说北方又下大雪了。你看见窗玻璃开花了吧！什么样？像什么？"

他望着窗外的一片绿色，像是对妻子又像是对自己说："像什么？像森林，像冰雕，像云，更像母亲的那头白发……"

不要晒脸

书生只是我们公司新投资开发的新贵小区的一名建筑工，新贵小区是我负责的工程，开工建设开始，当包工头领着一大群民工走进工地时，我一眼便注意到了夹杂在那些民工中的书生。他要比那些民工白了许多的面孔，以及文质彬彬的气质不容你不一眼就注意上他。我望着书生问包工头："怎么还有个白面书生呢？"包工头嘿嘿一笑说："您还真说对了，还真就是个书生，念完大学三四年了也找不到正式工作，有时就跑来干这个，虽然力气不大，但肯下力的。"

我微笑着挥挥手，让包工头领着夹杂着一个白面书生的庞大民工队伍开进了工地。这年头，念完大学找不到工作的人太多了，虽然像书生这样当民工的没有见过，但也不该算是什么太过稀奇的事。虽然不太稀奇，但每进工地，我都不由得要关注一下书生。的确，书生干活儿肯卖力气，不过，在劳作的过程中，他不像那些民工，一热就打赤膊，他总是把工作服穿得整整齐齐，而且在安全帽下还扣了一顶宽边大沿的草帽，使整张脸都躲在宽边草帽的阴影中。他这一近乎另类的装束引起了我的好奇，我把他叫到跟前，指指他安全帽下的大草帽问："怎么还戴个草帽？"

书生的脸红了红，有些不好意思地说："我怕晒。"

安全帽下扣着一顶草帽的书生，成了工地上一道极不和谐的风景。民工们经常取笑他这道风景。虽然被取笑，但他却坚持不把这道风景改变和抹去，就让这道风景从开工一直到完工。

就在建筑队撤出新贵小区，小区户主开始入住时，书生又来到了新贵小区。书生是来找我的。见面后，未说话，书生的脸先红了，讷讷地说："我想请你帮个忙。"

我望着历经温热的春天火热的夏天都没有晒黑脸的书生，想不出他想让我帮他什么忙。我说："你说，看我能不能帮上你。"

书生的脸更红了，望了一眼闪闪放射着高贵光芒的新贵小区，下了很大力气地说道："我想借个楼房用两天，就用两天。"

我吃惊地望着他："你要借个楼房用两天？"

书生慌忙说："不是借，是租，租两天。"他伸手从兜里掏出一沓钱说："我刚算的工钱，你看看需要多少租金。"

我摇摇头说："不是钱的问题，小区的每栋楼房都是有主的，我没有权力租给你。即使有想出租的，也不可能只出租两天的。"

书生充满渴望的脸顿时灰白了下来，沮丧地望着小区里的漂亮楼房。

我疑问道："你干吗要在这儿租楼房呢？而且还只租两天？"

书生神色哀伤地说道："我父亲要来看看我。这个小区的楼我跟着建的，熟悉这里，如果他问我小区里的情况，我能说得上来，别的地方我不熟。我父亲只呆两天的。"

我心里刷刷地一下，我说："你不想把脸晒黑也是为了让你父亲看的吧？"

书生点点头，伤感地说道："我是我们村唯一念出书来的人，我父亲是唯一支持我念书的人，他始终坚信书中自有黄金屋，念了书才有大出息的。可他没想到，我念了大学同样也没像他想象的那样出息。我不想让他伤心，更不想让村里那些反对和嗤笑他让我念书的人笑话他，我告诉他我在大公司上班，挣很多钱，住高档楼房。"大滴的泪珠从书生的眼中滴落下来。

我拍拍书生的肩膀，同情地说道："读了大学找不到工作的人多了，你还行，没工作还肯到工地做工。你父亲应该为有你这样的儿子高

· 011 ·

兴的。"

书生摇摇头:"我说什么也不能让我父亲知道,他费尽心血供我读书的结果是现在这个样子啊!你就帮帮我吧,我父亲明天就来了。"书生把手里的钱往我的手里塞。

我推开书生的钱,想想说:"这样,有一户正在装修,我跟户主关系还行,我去找他,你明天把你父亲领来,就说是你的楼,正在装修,我配合你。然后把你父亲领到旅馆去住,用这钱带你父亲在城里逛逛吧。"

书生激动得泪眼蒙蒙,声音沙哑地说道:"谢谢!谢谢!"

我也有些激动地说:"不用谢,谁都有父亲。"

第二天,书生领着他的父亲来了。一进小区大门,我立刻迎了上去,恭敬地笑着对书生说:"李先生好,来看您的楼装得怎么样了!"

书生脸上掠过一丝慌乱,连忙点了一下头。我前头带路引领着他们走进小区里。

从楼里出来,书生的父亲很高兴,脸上的喜悦掩饰不住地流淌出来。走到小区门口,书生的父亲站住了,恋恋不舍地回望了一眼小区,有些羞涩地对书生说道:"能不能……在这儿照个相?"

我立刻明白了书生父亲的意思,他一定是想在这儿照张相拿回去,给村里人看,告诉他们,他的儿子有多出息,住这么好的地方,他让书生念书是对的。我忙说:"你们等一下,我去找个相机。"我拿着相机回来,书生和他的父亲已经在小区大门前站好了,他们的身后是亮丽华贵的楼区。按下快门的一瞬间,我看到书生父亲紧紧地抓住了书生的手,脸上的笑容无比灿烂。

书生拿着相机去洗相,让父亲在这儿等着。看着书生身影消失,书生父亲突然冲我深深地鞠了一躬。书生父亲的这一举动把我闹蒙了,我连忙扶起老人说:"老人家,你这是干什么呀?"

书生父亲抬起头,饱经风霜的脸上挂着两行泪水,老人说道:"谢谢你,帮我儿子圆了一个父亲的面子。不过,你别告诉他我知道他不是在大公司上班坐办公室的。"

我忙说:"老人家,你说什么呀?李先生真是在大公司上班的。"

书生父亲苦笑着摇摇头说:"虽然他的脸色是像坐办公室的,可照相的时候,我抓着他的手,他的手掌里全是干粗活儿磨下的茧子呀,比我这手掌的茧子还多呢!"

让妹妹好好读书

要去桂林，在北京西站候车。

离发车还有一段时间，便买了一张报纸翻读。正读得津津有味，一阵细弱的歌声飘进耳中，忍不住抬头寻找，是不远处的一个与我女儿同样大的小女孩在唱歌。我原以为也是随同父母出行的孩子，因憋闷无趣而歌唱的，细细一看，发现并不是，唱歌的小女孩是在用歌声向旅客乞讨的，正在一位看书的旅客面前吟唱乞讨。小女孩是南方口音，我这个很少南行的北方人听不大懂，但咬文嚼字听得出是一支祝福的歌。然而，小女孩的祝福歌并没有打动看书旅客，看书旅客仿佛全身心沉浸在了书中，没有听见小女孩的歌声似的。周围的旅客也近乎麻木地望着歌唱的小女孩，麻木得连谴责看书旅客和同情小女孩的目光都没有。毕竟，我们经常在车站看到乞讨的孩子，也经常被乞讨的孩子拽住衣襟。

小女孩的祝福歌唱完了，并没有得到她歌唱的报酬，看书旅客连头都没有抬一下，虽然她的歌值不了几个钱。小女孩沉默了一会儿，殷切的目光不情愿地离开了看书旅客，寻找下一个她认为可能有所收获的旅客。看书旅客身边的旅客们慌忙地低了头，或旁视，避开小女孩的目光，有两个旅客起身走开了。

我把手伸进兜里，摸捏到一张十元的钞票，等待着小女孩朝我走过来。我总是被乞讨的对象，无论在车站还是大街上。我不是有钱人，但我略胖的身躯使我像个有钱人似的。更让乞讨者把我当作重点目标来乞讨的原因，是我长得比较面善，乞讨者是喜欢向面善之人行乞的。而面善的我，每每遇到乞讨的人，或多或少都要施舍一点的，不施舍好像就觉得对不住自己的一副善面似的。可一次施舍十元钱，在我施舍的历程中还是少有的，但这次我决定给这个小女孩十元钱，不因为别的，就因为她跟我女儿一般大，正应该在父母的身边撒撒娇，穿着漂亮衣服去上学，而不是身上的紫花布衫脏脏的，在这里向人歌唱乞讨。她的父母可能在某个角落里隐藏着，远远地注视着他们的女儿，等待着小女孩得到旅客施舍的钱后欣喜地奔向他们。

　　小女孩在看书旅客的无动于衷中失望地移开了脚步，目光充满希望地寻找下一个可以乞讨的目标。虽然我想到了小女孩会选中我，但当她的目光落在我脸上时，我的心里还是咯噔了一下，有些害怕她向我走过来。我知道自己害怕的不是小女孩，而是其他旅客的目光，他们会在我给小女孩钱后，目光疑问、不解、嘲讽甚至谴责地投射于我，而不是赞赏。向人乞讨的行为是不被社会推崇和赞赏的，如此，被乞讨的人也不会被赞赏和推崇。

　　小女孩满怀希望地向我走过来了，她失望的目光又迅速充满希望，我甚至能感受到她满怀希望而喷发出来的热热的气息。我捏住了十元钞票，准备在她来到我面前时，在她开口歌唱祝福我时赶快送给她，让她的希望不再失望，让她的欣喜成为意外惊喜。

　　我已看得见小女孩瞳孔里我微笑的脸，小女孩已与我近在咫尺了。

　　就在小女孩来到我的面前停住脚步，满脸期望要开口歌唱时，始终在我身后玩耍的女儿突然跳了出来，跳到我的面前，扑到我身上，伸手搂住了我的脖子，目光惊奇地望着站在眼前的小女孩。我看见小女孩脸上浓浓的希望瞬间飞散破碎，随即腾起一股复杂的惶乱。迟疑了足有半分钟，小女孩突然转身跑去，飞快地向候车室外跑去。

　　我连忙放下女儿，快步向候车室外撵去。我不想让一个同我女儿一样大乞讨的孩子一无所获，虽然十元钱并不能改变她的现状，但我还是应该让她感到希望的存在。一股悲凉的东西从我的心里流淌出来，我知道小女孩突然跑去，一定是被我女儿缠绕我的幸福狠狠地痛打了一下，她毕竟还只是个孩子啊！

在候车室外撵上小女孩，我紧紧拉住小女孩的手，把钱塞到她的手中。小女孩望着我，双眼瞬间盈满了泪水，猛然把我塞到她手中的钱又塞回我的兜里，对我说了一句话，起身跑掉了，很快消失在熙熙攘攘的人群中。

我虽然听不大懂小女孩的方言，但小女孩把钱又塞回我手中时说的这句话我听懂了，小女孩说：叔叔，我不要，给妹妹好好读书。

泪水顷刻间蒙住了我的眼睛，一个穿着紫花布衫的小女孩，在我迷蒙的目光中唱着祝福的歌，向风筝一样飘上了天空。

回到候车室，我把女儿搂在怀里，我说：女儿，好好读书。

与百万富翁擦肩而过

朋友张员是个推销员，有一个贤惠的妻子和一个可爱的两岁儿子。在保险无处不在的今天，张员自然不会落下。张员投保的险种是家庭险，很特别的一种险，投保的赔偿额是一百万元，如果一家三口之中哪个人出现失踪和死亡，这个家都将得到一百万元。张员之所以保一个这样的险，是为妻子和儿子考虑的，用张员自己的话说，整日在外奔跑，危险概率那是相当高，万一自己身有不测，也好让他们母子俩今后的生活有依有靠。

但张员没有想到的是，他的家庭真的遭到了不测，可遭到不测的不是他，而是他两岁的儿子。张员的儿子失踪了，一眼没照看到被人贩子抱走了。儿子被卖到什么地方，无从知道。儿子失踪，让张员和妻子痛不欲生，张员辞掉了工作，天南海北地寻找儿子，找了将近一年，也没有找到。回到家中时，妻子告诉张员，保险公司即将赔偿他们一百万元。张员这才想起保险的事，那原本是想自己有不测时留给妻子和儿子的，世事弄人，却成了儿子留给他和妻子的。张员忍不住泪雨纷飞。

保险合同约定，失踪一年后被视为死亡，支付一百万元赔偿费。随着支付赔偿费的日子渐渐来临，张员的心虽然为失去儿子痛苦，但也为即将得到一百万而有些欣喜。要知道，一百万是让人可以称为富翁的数字，多少人一辈子梦寐以求想成为百万富翁啊！张员没有想过自己会成为富翁的，但儿子却使他即将成为富翁。

支付赔偿费的日子到了,张员和妻子怀着悲伤喜悦相互交织复杂的心情去领取百万赔偿。就在他们正要签取一百万时,张员接到了公安局的电话,电话告知,他的儿子找到了,外地公安部门破获了一起拐卖儿童案,解救了一批被拐卖的儿童,其中就有张员的儿子。

张员猛地扔掉了正要签字领钱的笔,一把抱住了妻子,热泪盈眶地叫喊起来:"儿子找到了,我儿子找到了!"

我到张员家祝贺张员的儿子回来,谈起一百万赔偿费,我说:"只差一分钟,你就成百万富翁了。"

张员笑笑,脸上没有丝毫的懊悔和惋惜,目光深爱地看着玩耍的儿子说道:"只要有我儿子,百万富翁又算得了什么。"

儿 媳

他从外面回来，母亲一脸灿烂地望着他说："我给你看下了个媳妇，是个百里挑一的好姑娘。"

他便有些气恼。高中毕业回家务农后，几年来，母亲似乎每时每刻都在他的耳边念叨着要给他娶个媳妇的。母亲的念叨先是让他有些羞涩，后就让他烦恼了，因为他不想找个农村姑娘，他害怕没有共同语言。他毕竟在城里念过书，看过很多书，明晓共同语言在婚姻中的重要性。可他不能跟母亲说这个，也不仅是母亲不能懂，他现在不也是在庄稼地里滚爬的泥腿子一个吗！这话说出来，是要遭人耻笑的。因此，母亲每次唠叨，他都慌忙地走开，好在母亲每次也只是念叨念叨。可母亲这次是已经给他看下了媳妇的。

他还想走开的，母亲已经从他的脸色中看出来，母亲脸上的阳光就被一片浮云遮住了，母亲堵住他想走开的脚步，冷峻严肃地对他说道："你不要走，你也老大不小了，村里与你一般大的哪个现在不是孩子地上跑，你想怎么的？"母亲最后这句话已是十分严厉。

他愣了一下，想了半天，才对母亲说："我不想现在结婚。"

母亲就笑了，母亲的笑是熟知他内心所想的笑，母亲说："这个姑娘虽没念过高中，也是初中念下来的，一个乡下姑娘能念下个初中已是不错了，最最主要的，这姑娘是个厚实姑娘，百里挑一的好姑娘，能嫁你的你不亏。"

他倏地脸红了，目光慌乱地从母亲熟知一切的眼前闪开。他嗫嚅着说道："我不想现在就结婚的，我想去城里打工。"

母亲望着他口气不容置疑地说道："你别想，姑娘我已看下了，日子我也定了，你还知道心疼你这孤寡老娘就知道该怎么做。"

他低下了头。

新婚之夜，他蜷坐在炕角里，新娘菊花坐在他的对面，脸红红的。望着菊花朴实的红红的脸，他的心里没有燃起一点激情的火花。夜深了，菊花脱掉外衣，拉灭灯，钻进了被窝里，轻轻地对他说了一句："睡吧！"他隐没在黑暗里，屁股底下火热的土炕并没有使他的心和身体感觉温暖。他没动，一动没动地在炕角里坐了一夜。

天微亮后，他对也一夜没睡的菊花说了一句："从今天起你就是我妈的儿媳了。"说完这句话，他起身下炕，开门走了出去。

他跑到城里打工去了。

吃早饭的时候，母亲敲门来喊他们，菊花红肿着眼睛开了门。母亲呆立了片刻后，轻轻地搂住菊花说："他没碰你？"菊花呜呜地哭了起来。母亲落了泪，母亲对菊花说："是我害了你，你走吧！我会告诉村里人，是我儿子不配娶你这个好姑娘的。"

菊花猛地把母亲抱紧了说："不，我不走，我哪儿也不去，我是您的儿媳啊！"

他在外东奔西跑，吃了很多苦，渐渐地有了钱，他开始寻找与他有共同语言的女人。他找了许多与他有共同语言的女人，但他发现，一开始与他有共同语言的女人最后都与他没有了共同语言，她们对他共同的是索要他的钱。这让他很失望，也很烦恼，可就在失望与烦恼中，他一次也没有怀想起他家乡的妻子。这不奇怪，因为他不认为与他入了洞房的菊花是他的妻子。

他把手机号码通过村里人告诉了母亲，他不回去看母亲，怕母亲不让他再出来。可母亲一次电话也没打给他，他知道母亲是真伤了心的，他常常在夜里梦见母亲而哭醒。通过村里人他知道，母亲生活得十分好，母亲生活好是因为菊花侍候的好，在村里人的眼中，菊花就如母亲的亲女儿一样。女儿是母亲的小棉袄，能被女儿侍候的母亲自然都是好得不得了。可是，这可能吗？菊花是被他抛弃了的媳妇呀！

他接到了村里人打来的电话，母亲突发心脏病去世了。他慌忙地奔了回来。

送走母亲后，他坐在母亲的屋里，母亲的屋是整洁的，一股温暖的气息笼罩着他，他鼻子酸酸的，有些感动。他知道母亲的屋一定是菊花日日收拾的。他很了解母亲，母亲不是个能把屋子收拾得如此整洁温馨的女人。但作为女人的母亲能居住在如此整洁温馨的屋里应该是个幸福的女人。他在温暖的感觉里盘想着，是否该把这幢房子和房子里的一切都给菊花呢？让她找一个好男人嫁了！

门开了，菊花在门口喊他出去吃饭。菊花面容哀伤而平静。

他们在饭桌前坐下来，菊花给他盛了一碗米饭。他端起碗扒了一口，米饭进口，他皱了一下眉头，禁不住说了一句："这饭焖得太软了，像粥似的。"

菊花猛然一怔，放下碗脸红了，慌乱地说道："我忘了……妈已经不在了。妈一直胃不好，吃不得硬的。"菊花的眼睛盈上了泪水。

他的头轰地一声，身体如遭了电击似的惊颤了一下。他端着饭碗猛然跪在了菊花的面前，大口大口地往嘴里扒着像粥一样的米饭，扒进嘴里的还有他不断滚落下来的咸咸的泪水。

救　助

　　车祸是突然间发生的。两个结伴散步的老人同时被一辆车撞倒了。老人被撞倒后，车并没有停下来，而是加速，转瞬间没了踪影，逃逸了。被撞的两个老人伤得都很重，躺在地上呻吟着，他们的身下都流出了鲜红的血。许多行人跑过来，还有更多的人跑来，跑到两位老人跟前，却没有人上前救助，只是看，怜悯地看着两位老人躺在地上呻吟和流血。有人掏出手机，打了救助电话，这是围观的人想做也是能做的了。太多的救人者反成了家属认定为肇事者的报道让人们的心冷漠了，尽管前方几十米远的地方就有一家医院，把这两个受伤的老人送到医院也用不上两分钟，但没有人敢用这两分钟来表现自己。人们能做的就是用同情的目光，注视着躺在冰冷水泥地上的两个老人，盼望着救护车快些到来。

　　围观的人群突然打开了一条缝隙，两个脏兮兮的乞丐好奇地从人群外挤了进来。两个乞丐来到受伤的两个老人跟前，似乎想伸手去翻弄两个老人，围观者的目光立刻严厉地射向他们，并警告他们不要趁火打劫。两个乞丐看看围观的人，躲闪着围观者严厉的目光，微弱地说了一声："救人啊！"

　　没有人动，连斥责两个乞丐的声音也突然没有了，有的只是两个老人越来越微弱的呻吟声。两个乞丐看看围观的人，又看了看躺在地上的两个老人，对视了一眼，一个乞丐蹲下身，另一个乞丐把其中的一位老人扶到蹲下身的乞丐身上，在围观者惊讶的目光中，向几十米远处的医院跑去。

被两个乞丐送到医院的老人得救了，而另一位老人因没有得到及时抢救而死亡。两个乞丐救人的事件引起了报社的关注，面对受伤的两位老人，那么多的围观者都没有伸出援救之手，而恰恰是两个乞丐上演了一幕救人壮举，这不能不引起关注。报社立刻派出记者，对两个救人的乞丐进行采访。

记者找到了两个乞丐。面对记者，两个乞丐有些慌乱，嘿嘿地憨笑着，对记者的赞扬有些羞涩。当记者赞扬他们在围观者都不救助受伤老人而他们却能挺身而出时，两个乞丐摇着手有些不好意思地说道："不是的，不是的，我们进去也不是想救人的。"

记者怔了怔，问道："不是想救人？那你们挤进去干什么？怎么又救了一位老人呢？"

两个乞丐眨眨眼睛，不好意思地说道："我们知道发生了车祸，挤进去想看看能不能捡到点有用的东西。挤进去后，我们发现有一位老人是经常施舍给我们钱的，虽然每次也不多，块八角的，但只要看见我们他就给。我们喊救人来的，但没人伸手，我们总不能看着经常给我们钱的人躺在那儿等死吧！就把他背起来送到了医院……"

望着两个乞丐，记者摇了摇头，采访已经没有意义了，两个乞丐的壮举最多算是个知恩图报吧。记者起身离开了。走了没多远，记者忽然转身跑了回来，跑到两个乞丐跟前，从兜里掏出两块零钱，放在了两个乞丐面前的碗中。

护旗手

学校是一所特殊教育学校，也叫聋哑学校，是一所专门教育聋哑孩子的学校。这样的学校就有别于其他学校了，教学的方式方法、课业不同于别的学校，学生也稀少。全校不到十个班级，学生最多的班也不过十二三个。学生少，班级少，却也一个年级一个年级分得清清楚楚，按照国家的统一教学计划来教授的。

校长每星期一都要领着教师和学生们升国旗，风雨无阻。对于升国旗，聋哑学生虽然听不到说不出，但都表现出极大的热情和真诚，每次都抢着对领着他们升国旗的校长打手语哇哇喊叫，想当护旗手。护旗手抬着国旗正步行进的样子在学生眼里和心中永远是最威风的、最帅的。谁被选中，就会哇哇喊叫一番，虽然声音混浊不清，喜悦之情却是溢于言表。每每看到做了护旗手的学生激动得脸色通红却又无法言说的表情，校长和老师们的心中都会泛起一股酸酸的味道。因此，每次升国旗，校长都尽量让没有做过护旗手的学生来当护旗手，看着抬着国旗一脸严肃却又掩饰不住兴奋的学生，校长和老师们的心里才有些宽慰。

聋哑孩子上学年龄要比正常孩子大，毕业时大都十六七岁，近乎成年人了。因此每每学生毕业，校长都要安排一顿酒宴来为他们送行。今年也不例外。今年是一次毕业学生最多的，校长叫食堂做了两桌好菜，搬了几箱啤酒，让学生们尽情地吃喝，然后告别他们生活学习了好几年的学校。

告别宴进行得差不多时，发现少了四名学生。那四名学生刚刚还在的，还跟校长碰杯了呢，眼泪汪汪的，把杯子碰得咣咣响。校长连忙起身出去寻找，怕他们喝多了跑出校外惹事。出了食堂，来到校园，便看到了那四名学生站在操场上，手里扯着一个床单，有些粉红的床单，一人扯着一个角，面向远处的旗杆，一歪一斜又极为认真地正步走去……

校长忽然记起这即将离校的四名学生从来都没有做过护旗手的。校长不是偏心，而是这四名学生除了聋和哑外，腿都有残疾，走路一瘸一拐的，如果他们做护旗手抬着国旗走在全校师生的面前，怕会遭到师生们的嘲笑。他们的样子不会是威风，只会是滑稽，就像他们现在这样，鸭子似的一拐一拐地走着，因为想走好，却拐得更加厉害。

校长走过去，想让他们回去接着吃饭。走到跟前，校长突然看到了他们眼中的泪水，手中的床单扯得紧紧的……校长鼻子一酸，眼中瞬间盈上了泪水，转身跑向教室。不一会儿，全校的师生都站在了操场上。四名扯着床单的学生手中换上了鲜艳的红旗，在体育老师的指挥下，正步走向旗杆…

红旗升起来的时候，四名护旗手看到了校长领着全校师生向他们打出了令他们激动不已的手语：你们是最棒的护旗手。

爱情的滋味

他坐在我的对面，夕阳的光芒洒在我们的身上和脸上，也洒在我们脚下的棋盘上。我们刚下完一盘棋，棋盘上的棋子还有一多半，但胜负已分。他输了。这是我们认识并成为棋友以来从没有过的局面。我们每次下棋，每盘棋下完，棋盘上最多也就剩下五六个零星散落的棋子。我们的棋艺不仅平凡、相当，而且都是拼杀型的。

今天这盘棋的结局出乎我的意料，他投子认输后，从他的脸上看不到以往输棋后不服气的表情，看到的是他心不在焉以至于目光飘忽不定的神情。他心里有事了。我敲敲棋盘，问他："你心里有事了吧？"

他笑笑，回头望一眼街对面正在建设中的大楼，转回头来说了一句："快盖完了。"他是那座正在建设的大楼工地上的一名建筑工，也是我们常常说到的从农村来到城市里打工的农民工。不过，他不像其他农村来的民工那样，低眉矮眼地走在城市里，对每一个城市人，甚至城市里的水泥建筑都心存畏惧，不敢接近，喜欢猫在民工群之中。而他，来到工地的第二天我们便认识了。那天我们一帮子人也在这马路边下棋，许多所谓的城里人，城里男人，都喜欢吃过晚饭后往马路边一蹲，下棋。他从对面的工地上过来了，一个人过来的，什么时候过来的没人注意，让人注意到他是因为他在我的身后支了一步棋，使我的棋起死回生。老话有"旁观者清"一说，但也有"观棋不语"之说，他说话了，跟我下棋的人厌恶地白了他一眼，竟丢下棋子起身走了。他一下子脸红了，涨红。其实这种马路边下棋谁还在乎多一两句嘴，跟我下棋的那人平常也是不太在乎的，可今天他起身走了，就因为站在我身后的他多了一句嘴。我知道对手起身而去的原因，因为多嘴的是一个在建筑工地干活儿的民工，他在乎他是个民工。城里这样的人很多，而且许多人生活并不比农村人富有，可就是觉得自己比农村人高出一等。他涨红着脸站在我的身后，有些不知所措。我有些过意不去，连忙招呼他："来，杀一盘。"他犹豫了一下，便坐到了我的对面，感恩似的对我微微笑了笑。两盘棋下完，我们便成了棋友。

话可能说得远了些，我要说的是，虽然他不是太畏惧城市和城里人，但他毕竟是个从农村来的民工，而且没有多少文化的民工，这是事实。我在今天也是在这一刻以前，始终认为一个农村来的民工除了干活儿吃饭睡觉以外，能下下棋已经是很了不起的。可我错了，我没想到他会有心事，而且，在我问过他后，他望着我，竟然问了我一个让我十分惊讶的问题，他问我说："爱情是个啥滋味？"

如果不是面对面，谁能够相信一个民工会问出这样的话来。

他的问题把我难住了。我怎么回答呢？当然，我恋爱过，也结婚了，可我从来没有吧嗒吧嗒嘴认认真真地想过爱情是个啥滋味。我相信，大多数人都跟我一样，没吧嗒过嘴想过爱情是个啥滋味的。

我只好把这个问题又抛回去，我说："你也结婚了，你还不知道爱情是个啥滋味。"

他突然一笑，很腼腆地笑，说："可我没谈过恋爱。"

我忍不住笑，说："那你不会像赵本山小品里说的那样，结婚后再恋爱嘛！"

他脸上的笑容一点点地收敛了，目光疑惑地望着我说："你说，结婚后还咋谈恋爱？"

我被他又打了一棍子，我咋知道结婚后咋谈恋爱呢？恋爱应该是结婚以前的事情啊！谈恋爱才能产生爱情，有爱情才能有婚姻，这是公认的。他没谈恋爱就结婚了，那爱情呢？好像是没有的，如果有，他还会问吗！

反过来看看我们，谈恋爱，找到爱情，结婚。可爱情是个啥滋味呢？甜蜜，幸福，好像没感觉，即使有也是微弱的，近乎让人感触不到。

我只好诚实地对他说："我也说不清爱情是个啥滋味，虽然我是先恋爱后结婚的。"

他犹豫了一下，缓缓地从兜里掏出一封信，小心地从信封中把信纸抽出来，一点点地展开。展开信纸时，他的脸上又有了笑，是那种凝重幸福的发自内心的笑。他把展开的信递给我说："我知道爱情是个啥滋味。"

我不接他递过来的信，说："你知道爱情是个啥滋味，它是个啥滋味？"

他把信往我面前又递了一步说："我说不出来，但我能感觉出来，我有感觉，是那种说不出来的感觉，那滋味让人感觉真好。"

我接过了信，信是他老婆让人给他捎来的。

信上竟然没有字，一个字也没有，只是用铅笔画了几个圈。我不解地望着他："这是什么？"

他不好意思地笑笑，说："我老婆不识字。"他指着信上画着的0000+0说："这是五个馒头。"

"五个馒头！"我问："什么意思？怎么四个圈还加一个圈呢？"

他说："我在家一顿能吃四个馒头，她让我在这儿再多吃一个，干活儿累，别饿着。"

那一瞬间，我感觉到我的内心深处猛地汹涌出一股酸酸的东西，它强烈得令我的眼睛发涩。我把信轻轻地叠好，心怀虔诚地把画有五个圈的信还到他的手里，我说："爱情真是个好滋味，兄弟。"

夕阳的最后一抹红晕抹红了他的脸，他红色的脸上挂满了爱情的滋味。

校长的右手

校长被砍掉了一只手。

校长被二虎砍掉了一只手。

校长是因为二虎不让孩子上学被二虎砍掉了一只手。而且是右手。

校长写字用右手。

校长写钢笔字、粉笔字、毛笔字都用右手。

校长永远地失去了右手。

村是小村，旮旯在山凹里。地是薄地，一年打下的粮食将够嘴。但山凹里有野菜，有水灵灵土生土长墨绿墨绿的野菜。村人不吃，不喜欢吃，总吃就不喜欢吃了。可城里人喜欢吃，城里人喜欢吃是因为野菜是真正野生的，不是那种在大棚里种出来的菜。城里人说这里的野菜是真正的绿色食品，绿色食品对人体健康有益，城里人都喜欢健康。村人挖野菜，家家户户都挖，满山遍野地挖，然后翻过山送进城里，把野菜卖给城里人，也把健康卖给城里人。村人捏着城里人给的票子，粗糙的脸舒展展地笑，望着满山的绿色，发家致富的希望在村人的心里就火似的燃起。村人开始一窝蜂地挖野菜。老人挖，老人蹒跚着腿脚挖；年轻人挖，年轻人弯着腰挖；孩子也挖，孩子被大人们拽着去挖。

孩子被大人们从学校拽到了山里。

学校里上课的孩子越来越少了，山里挖野菜的孩子越来越多了。

校长看了看课堂里已是屈指可数的学生,站在面积不大却空旷的操场上望了望山里挖野菜的孩子,校长的心里比那野菜还苦。

校长就向山里走去。

校长向山里挖野菜的村人走去。

校长走进山里对挖野菜的村人说:让孩子上学吧!

村人手不停地说:等等吧,等秋天吧。

校长说:不能等。孩子上学不能等的,会误了孩子的。再说,不让孩子上学国家也是不允许的。

村人就笑:明白,咱都明白。二虎家都雇人挖野菜了,还没让孩子上学呢。

校长就不多说了,去找二虎。校长知道,二虎家的孩子不上学,别人家的孩子就不会上学。

二虎弯着腰挖野菜,二虎手里的刀又快又沉,刀落下去就有一片野菜从根处割断了。孩子跟在二虎身后,拽着一个大土篮,把二虎割断了的野菜拣到篮子里。

校长走过来,孩子抬起头,低低地叫了一声校长。孩子黑黑的脸上两只明亮的眼睛无助地望着他。孩子的目光让校长心里一酸,校长大踏步地走过去,把孩子手里的土篮扯掉,拉着孩子站在了二虎的面前。校长对二虎说:让孩子上学吧!

二虎直起腰,二虎扭了一下僵硬的腰说:等等吧,秋天吧。

校长说:不行。校长口气很坚决。校长说:一个孩子能帮你多少,让孩子跟我回学校吧。

二虎看看孩子说:我这儿累死累活的还不都是为了他,他不出点力怎么行。上学嘛,等一等不要紧的,这野菜可不能等,过了时节就没了。

校长说:孩子上学怎么能等呢?上学是他的权利,也是你的义务,学上好了,他就可以走出这山里,去看外面的大世界,我们不能让孩子眼里只有野菜呀!

二虎打断了校长的话:你说的我不明白,我就知道他将来要娶媳妇盖房子，这些，不挖野菜哪儿来。

校长气愤地说：你这是无知，你就让孩子也在这山里挖一辈子野菜吗？你再看看这山，叫你们糟蹋成什么样了。校长望着已被挖得满目疮痍的山痛心地说：再这么挖下去，这里就完了。校长想多说点什么，二虎已冷下脸说：完什么？你不就想让孩子上学吗！二虎伸手来拽孩子。

校长往后带了一下孩子，二虎就抓了空。校长颤抖着声音对二虎说：愚昧！上学是孩子的权利，他必须上学。

二虎冷冷地望着校长：孩子是我的孩子，我想让他做什么就做什么。二虎抓住了孩子的一只胳膊，往过拽没拽过来，孩子的另一只胳膊被牢牢地抓在校长的手里。二虎说：你放手。

校长脸色苍白，校长说：我不放手，孩子必须回学校上课。

二虎就恼了，瞪着校长说：他是我养的，我让他干啥他就得干啥。你放手，你不放手我就砍了。二虎扬了扬手中的刀。

校长望了一眼闪着寒光的刀，校长说：我不会撒手的，我要把他领回学校上课。

二虎脸恼成了酱紫色，对校长吼道：你以为我不敢砍你呀！二虎晃了晃手中的刀。

校长不看刀。

二虎的刀就落了下来。

二虎的刀真的就奔校长的手落了下来。

二虎的刀真的就落在了校长拽着孩子的手上。

校长的手就被砍掉了。

老中医给校长包了没手的胳膊，老中医摇头叹气：这是何苦呢！

校长没说什么，校长脸上没有痛苦，微笑着望着被村人捆绑着的二虎。

村人说：校长，把他送派出所吧！

校长望着吓呆了的二虎，校长对二虎说：让孩子上学吧！

二虎点点头。

· 031 ·

校长说：放开吧!

村人都愣住了。二虎也愣住了。

校长对村民们说：让孩子们上学吧!

孩子们都回到了学校。

孩子们听校长用嘶哑的声音讲课。

孩子们看校长用左手在黑板上写字，字写得歪歪扭扭的，没有原先右手写得好看，横横竖竖的像巴苦巴苦的山野菜。

武 子

  武子是我儿时伙伴，从光腚玩泥一直到初中毕业，我们都是形影相随十分要好的伙伴。初中毕业后，武子因家穷念不起高中，便回家务农了。我则大学毕业后回到了县城，进了政府机关，在乡亲们眼光中有了一份很是让人羡慕和生畏的工作。参加工作后，我把父母接进城，便很少回乡下去了，与武子也便很少见面了。
  我没想到的是，武子有一天进城来找我。找到我后，看上去显得要比我老许多的武子目光散乱地在我的办公室里游来荡去，他不敢直视我，我能感觉到他在我的面前流淌出来的浓浓的自卑。武子的样子让我的脑海里忽地就闪现出了鲁迅先生笔下的闰土来。这使我的心有些酸楚。酸楚的同时，还有一丝自我良好的感觉萦绕在心中。我知道我不该有这种感觉，有这种感觉对从小跟我玩到大的武子来说，绝对是对我们友情的一种亵渎。可是，我的心里就是难以抑制不断地涌出这样良好的感觉。武子从小就老实，不爱说话，现在还是这样子。见了我的面后，置身于我工作单位高高在上的环境氛围之中，心中已是更加胆怯了，半个屁股坐在沙发上，一句话也不说，脸红红的，额头上布满了细密的汗珠。
  我知道武子来找我一定是有什么事要我帮忙，否则他是不会走进机关大院来的。机关大院对一个农民来说，还是充满畏惧的。武子也是个农民，农民就是这样，不会在没有事情的时候来找你。农民的这种做法，让人感觉实实在在，可是这种做法并不是所有的"公家人"都能够理解和赞同的。当然，也包括我这个公家人。但今天来找我的是武子，我不是很反感。我不想让武子难堪下去了，也有点想显现自己的意味，我说："武子，有什么事你就说，我能帮上你的一定帮。"

武子不好意思地笑了笑，兀地说了一句："给我找点活儿干。"

我心笑了一下。父母前些日子回了趟乡下，武子父母对他们念叨想让武子进城找点活儿干的。乡下现在像武子这样年轻的种田人已经不多了，武子已经是最后的坚守者了，但我们谁也不能要求武子还要坚持下去。

我拿起了电话。

很快，我就给武子在一个很有权力的部门找了份门卫的工作。事情敲定了，武子的脸上立刻兴奋得红光闪闪的，这也是一个本分农民不知掩饰的表现。武子红着脸揉搓着衣角吭哧了半天，突然大声冲我说道："我请你吃饭。"

我忍不住大笑起来。我扶着武子的肩膀说："来我这儿，得我请你。"

吃饭时，武子喝了一杯酒。喝了一杯酒后，武子的话多了起来，可我听来听去，从头到尾武子只是说了一句话，是重复着一句话："多亏你了！"武子的这句话，使我的心有些飘飘的。

武子到那个很有权力的部门做了个看门的。

可两个月内，那个很有权力的部门领导给我打了六次电话，最后这次，部门领导说："他再这样下去，我真的不能用他了。"

部门领导说的自然是我送去给他们单位看大门的武子。

我只好第三次把武子找来，有些生气地开导他。我说："武子啊武子，我都跟你说两回了，咋就不开窍呢？那穿得溜光水滑开着小车的要进你就让他进，不登记就不登记。那穿得土气的一看就知道是上访告状的，根本就不能让他进，就这么点小事咋就做不好呢！"

武子望着我，脸呆呆地聆听着我的话。上两回也是这样，我说他听，我说完了，他起身就走，面无表情。我以为他听懂了我的话会改正呢，结果还是这样子。我把口气往严肃和严重里说："你再这样下去，人家就不用你了，知道吗！"

武子突然甩出一句话来："不干了。"

武子的话打得我措手不及。我说："说不干就不干了，你知道这份工作多少人想干都干不上呢。我就不知道你怎么想的？这么简单的工作都做不好呢！"我真的气恼了。

武子的脸慢慢地红了，呼吸粗重起来，他不看我，闷声闷气地说道："咱就不知道，你们咋就都不愿见穿得土气的人呢，他们可都是真有难处的人哪！"

我看见两颗豆大的泪珠从武子的眼里滚落了出来。

武子的泪珠重重地砸在了我的心上，砸得我已经没有多少知觉的心有了一丝痛的感觉。

谁知盘中餐

每年的年终岁尾，县里都要召开全县工作总结大会。今年的总结大会开得很热烈，之所以热烈，是因为今年比去年财政收入增收了三分之一，是历史性的突破，这说明全县的经济工作向前迈了一大步，人民群众的生活水准将进一步提高。

县是地地道道以农业为主的农业县，经济增长的功劳与各乡镇的努力工作是分不开的，张县长在大会上高度称赞和肯定了各乡镇的工作，张县长的话让乡镇长们脸上容光焕发，喜笑颜开。

按惯例，总结大会后，县长要在县招待所宴请各乡镇长，好好犒劳一下乡镇长们。今年自然也不例外，在入会场前乡镇长们已收到特别通知，散会后张县长在招待所宴请。收到通知的乡镇长们虽不感觉意外，但还是感到十分荣幸，县长请乡镇长是上级请下级，这就是认可，下级得到上级的认可还不是一件值得高兴和荣幸的事吗？

散会后，乡镇长们来到招待所，张县长还没有到，十几个乡镇长围桌而坐，闲扯起来。扯了一会儿，乡镇长们望着空空的桌面感觉有些不对，每年这个时候热菜不上，凉菜也摆了半桌子了，可今年桌子上连个菜叶都没有。乡镇长们满脸疑问地你看我我看你的，张县长今天请咱们吃什么呀？

"我看呢，一定是烤全羊之类的大餐了！"一乡镇长说道。

"为什么？"众乡镇长立刻问道。

"你们想啊，今年财政比去年增收三分之一，张县长在大会上对咱们倍加赞扬，今年的这顿饭还不得规格高一些。"提起话题的乡镇长胸有成竹地说道。

"对呀！张县长这是要请咱们吃大餐啊！"众乡镇长如梦初醒，立刻热烈地探讨起张县长请吃什么大餐来。

乡镇长们正探讨得激烈呢，张县长来了。乡镇长们立刻住了话语，纷纷站起来迎接张县长，满脸喜悦地望着张县长。张县长坐下后，摆摆手让乡镇长们也坐下，然后面色平和地逐个看了看每位乡镇长，说道："刚才在会上我也说了，今年财政比去年增收三分之一，跟你们的辛勤工作是分不开的，现在我代表县委县政府对各位表示衷心的感谢！"

各乡镇长立刻谦虚恭敬地接受张县长的感谢，嘴上纷说着县里领导有方、自己能力不够等等话语，心里却是十分的高兴。

张县长又挥挥手，挡住了乡镇长们谦恭的话语，说道："为了表示感谢，也按每年的惯例，请大家吃顿饭。希望大家吃好！"张县长回头吩咐服务员："端上来吧！"

服务员转身出去端进来一个大盘子，放在了桌子中间。欢心期待如烤全羊一样大餐的乡镇长们一下子愣住了，端上来的竟是一大盘炉熟的土豆，而且还是没剥皮的土豆。乡镇长们目瞪口呆地望着桌子上散发着热气的炉土豆。

张县长似乎没注意到乡镇长们惊讶的表情，伸手拿起一个土豆，热情地招呼乡镇长们说："吃啊，这可是咱们县的主产粮食作物啊！"张县长剥着土豆皮。

乡镇长们怔怔地望着张县长。

张县长专心地剥着土豆皮，不看乡镇长们像是念报告似的说道："今年财政收入增长了三分之一，是历史性的突破，可喜可贺啊！水涨船高，各位所在乡镇的吃喝费也是历史性的突破呀，比财政收入增长的速度幅度要快要高得多，最少的也比去年增长一倍吧！"

乡镇长们脸红了起来，不少人额头沁出了汗水，使额头看上去油亮油亮的。

张县长剥好了土豆，咬了一口说道："你们怎么不吃啊？嫌不好吃啊？咱县百分之七十的老百姓这一年可就全靠这土豆过活呢！这土豆可是宝啊，既能当菜又能当饭的，尝尝。"

乡镇长们慌忙伸手去捉桌上的土豆。

张县长望一眼笨拙地剥着土豆皮的乡镇长们，脸上闪过一丝不易察觉的微笑。

张县长又拿起一个土豆，剥着皮问道："什么味道？"

乡镇长们突然眼中都泪光闪闪，不住地往嘴里塞着土豆，谁也没说什么味道。

握　手

省长在半路上叫停了车。

高级面包车正缓缓地在乡村的沙石路上向着目的地——富裕典型村——驶去。这是每每来了上级领导都要安排的参观项目。县长也好乡长也罢，谁不想让上级领导看到自己管辖地方上的亮点呢。更何况，今天来的上级领导是一省之长啊！离目的地还有很长的一段路，路两边的树木挺拔林立，像站岗的哨兵，这些树都是乡里几年来用心栽的，就是为了使这条通往富裕村的路更加赏心悦目。省长不说话，一路上几乎没说一句话，只是目光深邃地随车速游览着道路两边，似乎寻找和思考着什么。面包车里陪行着市长、县长，还有此地的乡长，每个人的脸都肃肃的，不住地窥视着省长的面容。车里的气氛静谧得让人压抑，让人窒息。省长在县里听完了县长关于农民已普遍脱贫致富的汇报后说："下去看看吧！耳听为虚，眼见为实。"县长立刻说："那就请省长看一个下中等的村子吧！"于是，一行人坐上了面包车，在县长乡长的带领下开往了全县最好最富裕的却被县长说成是下中等的村子。

"停车。"寂静的车里猛然响起一句话音，声音不大却威严有力，是省长。车里的人似乎都战栗了一下，面包车也战栗了一下，停住了。所有人的目光都投向了省长。省长偏侧着头，目光透过车窗远远地望去，众人的目光随着省长的目光望去，透过车窗穿过哨兵似的树木缝隙，车里的人看到了不是很近也不是很远的一个只有几十户人家的小村子。看到小村子的那一瞬间，市长飞快地望了一眼县长，县长的身躯猛地颤动了一下，脖子僵硬地转向乡长。乡长面无表情，但自然十分有力地垂点了一下头。县长把脸转向市长微笑地点了一下头，市长目光平静地落在了省长偏侧着的冷峻的脸上。

"去那个小村子看看。"省长目光锁定小村子说道。随即，省长转过头来，目光扫视了一眼随行的市长县长们。

市长望望县长，县长立刻问乡长说："有路吗？车能进去吗？"

乡长忙探过头来说："车进不去的，还是别去了吧。"

"下车吧。"省长起身去拉车门。省长走下车来，深深地吸了一口清新的空气后，有力地冲着小村子一挥手："走！"

通往小村子的路窄窄的，坑洼不平，省长秘书紧跟上来，伸手去扶省长，省长甩了一下手，有些不悦地说："莫扶我，这种路我小时候经常走。"秘书就讪讪地退了后，小跑着跟在省长的后面，看着省长大踏步地走向村子。

乡长紧走几步，撵到前面说："我紧走几步，把老乡们集中集中好说话。"

省长摆了一下手说："你莫紧走，我半路下车就是要听听老乡们说说实话的，你紧走安排好了，又听不到实话的。我这次下来，一路上净看好的听好的了，老乡们都这么好了，还要我们这些干部做什么。"省长后面的话是提高了音说的，显然不仅仅是说给要紧走几步的乡长。乡长就慢了脚步，加入到后面的队伍中去。

进了村口，省长站住了，抹了一下额头上的微汗，望着村子说道："怎么这么静？"

乡长忙过来说："老乡们怕是都下地了。"

省长望着乡长说："下地？路上怎么不见地里有人。"乡长不敢看省长的眼睛，低了头不作声。

省长连着进了两户人家的院子，都是铁将军把门。省长的脸色明显地不悦起来，甚至有些阴沉。

乡长不知什么时候离开了，在省长沉着脸走出第三家锁着门的院落时，带着几个乡亲跑来。乡长气喘地说道："大多老乡都不在，只找到了这几个老乡的。"

省长看看几个老乡，问："老乡们因何都不在家啊？"

几个老乡有些慌地说道："赶集去了，邻乡有集市的。"

省长又问："邻乡有多远哪？"

几个老乡忙说："不远不远，几十里路，乡下人爱个热闹的。"

省长噢了一声说："热闹！几十里路去赶个热闹，日子蛮好过的嘛！"

几个老乡忙笑着说："好，好过，有吃有穿还没有负担的，县里乡里关心着咱老百姓呢……"

省长打断了老乡的话："日子真的好就好了！"省长神色黯了下来，伸出手说："老乡，握个手吧！"

几个老乡就忙惶惶地争抢着来握省长的手。握过手，省长面色沉重地对随行的市长县长说："你们也和老乡握个手吧！这几个老乡的手跟咱们这些干部的手一样，细软着呢，不硬，不硌手……"

省长的眼睛蒙上了一层薄薄的雾气。

笑　脸

　　李四天生一张笑脸。

　　李四的笑脸是弥勒佛似的笑脸，让人见了就有一种慈善的亲切感。正是有了这张天生的笑脸，李四调到机关没多久，就与众人相处得十分融洽了。

　　李四很为自己这张天生的笑脸自豪。

　　但很快，李四的这张笑脸就让李四自豪不起来了，甚至因为自己的笑脸而忐忑不安。

　　一日开会，是很严肃的那种会，领导在台上严肃地讲，干部们在下面严肃地听。这种会在机关里很常见，没什么稀奇的。可这次严肃的会却成了李四的受难日，因为李四的笑脸太不适合参加这种严肃的会议了。严峻着面孔的领导严肃地讲了一阵话后，目光便盯在了李四的脸上。李四正望着他，听得十分认真，只是一张脸笑呵呵地望着他。领导的目光立刻有意地批评了李四一下，李四也看出来了，可李四没想到是自己的笑脸让领导不满意，李四还以为领导认为自己对这么严肃的会听得不够认真而不满意呢！连忙前倾了一下身子更加努力地认真聆听领导讲话。李四的这一举动使领导大为恼火，领导不满地看了一眼李四后，却没想到李四不仅没有收敛笑容，倒把一张笑脸往前送了送，这不是有意与他作对吗？领导毕竟是领导，不会在会上点名批评一个人，那样有失身份。

会一开完，领导就把李四所在科室的科长叫去了，好一顿训，领导说："你手下的人怎么回事？这种会议他还笑，什么意思嘛？"科长一听就知道领导说的是李四，科长忙解释说："这个人天生一张笑脸的，他不是有意笑的。"领导眨了一下眼睛，脸色更加不悦地说道："笑脸还有天生的，你听说过吗？一个人心里想笑，面部的神经才能带动脸笑。笑话。"科长立刻有些惶恐了，觉得领导说的似乎有些道理，但还是说道："从打他来，还真没有见他有不笑的时候。"领导一摆手，气哼哼地说："算了，算了，在这种会议上他还能笑，这不仅仅是对我个人的不尊敬，更是对组织的蔑视，以后就不要让他再参加这种会议了。"

科长回来找了李四，很严肃地指出了在会议上他不该笑的问题。李四才知道领导那不满的一眼是因为什么。李四仰着一张笑脸对科长说："我有什么办法呢？我不是想笑，也不是真笑，可我的脸天生就这样。"科长就又认认真真地看了看李四的脸，叹气说："再有严肃一点的会你就不要参加了。"

李四从此就不再参加会议了。因为机关里的会议都有点严肃。

领导的父亲去世了，自然都要去吊唁。李四自然也要去。李四本不想去的，怕自己的笑脸让人误解。可不去又不行，同事们都去了自己不去，领导注定要有想法的，更何况还有开会的那件让领导已经不高兴的事。

李四去了后的结果自然可想而知，许多人都知道李四是笑脸，虽然吊孝领导父亲是有些滑稽，但也不觉得太过于什么，可领导当时就气得脸色铁青，连手都没跟李四握一下。而且，过后领导又把科长叫去大训一顿，领导训科长说："你手下这个人怎么这么没素质，我死了父亲他倒挺高兴。"科长只好苦着脸听领导训，因上回领导的话，又不能跟领导硬掰扯。挨了训回来，科长对李四说："以后有这样的事，你还是不要参加了。"

李四就不再参加吊唁活动。

从此以后，李四不能参加的活动很多，不仅仅是开会和吊唁，就是看望生病的领导和同事，李四也不能去，而这恰恰是与领导、与同事沟通交流感情的最好时机。

李四就错过了许许多多的好时机。

时间久了，同事们对李四笑脸的新奇劲儿也淡了。淡了后，因领导对李四的不满，又因许多场合李四不到，不少人就认为李四这个人不太善于沟通团结同事。

这可不是好事情。李四知道自己已经让领导不喜欢了，同事们再不喜欢他，单位里怕是就没有他的容身之地了。想来想去，要想改变这种不好的现状，只有把这张笑脸处理了。

李四便去做了面部手术。

医生望着他的笑脸叹惜说："可惜了。"李四说："不可惜，是可悲啊！"医生说："如果做了手术，怕是从今往后不会再笑了。"李四咬咬牙说："不笑就不笑，再笑下去就让我无立足之地了。"

李四的笑脸从此没了笑。

李四原以为不笑了同事们就会喜欢他，可事情并不是这样。有一天开会，李四因为不笑已经被允许参加会议了，李四走到会议室门口刚要进去，听到了同事们议论他的话，同事们说："什么人呢，挺好的一张笑脸弄得像谁欠了他多少钱似的，让人见了心就堵……"

李四愣住了。

李四转身离开了。

李四挺怀念他的那张笑脸的。

借 钱

徐才抠门。说他抠，是因为他兜里从来不揣钱，一分钱也不揣。工资拿到手后，不过夜就交给了老婆。老婆惜钱，不该花的钱绝对不乱花一分，每次徐才把工资袋交给她，她也是要给徐才一点的，也不过是几元零钱。就这，对徐才来说也都是很奢侈的了。徐才不抽烟不喝酒，但有嚼口香糖的习惯，这习惯是因为他有口臭。因为老婆给的钱太少，就只好买最便宜的，买那种像纸一样薄的。就这，徐才也不敢一次嚼上一片，都是一片掰成两半，嚼上半片借借味儿，而不至于口太臭。徐才不揣钱不管钱，家里的油盐酱醋一应物品就都不用他买，倒也落个清闲自在。

徐才这天从老婆手里拿了十元钱，其实拿五元钱就够了，单位里组织一次小小的捐助活动，每人交五元钱，可老婆手里一时没有五元的，只好拿了张十元的。徐才把钱拿到手，没等老婆开口就告诉老婆：晚上回来就把五元钱给你。

徐才来到单位，一杯茶水没喝完，后勤的小王就来收钱，众人纷纷解囊，一张张五元的票子落在了小王的手里。徐才把十元钱递过去，小王逗了一句：这么大的票啊！徐才笑笑，他默认自己抠门，也就容忍同事的玩笑，接过小王找回的五元钱，小心地揣好。小王接着往下收，收到大刘那儿卡住了，不是大刘没钱，大刘有钱，大刘兜里从来都揣一把钱，而且粗粗拉拉地揣在兜里，有时就能看到兜里的钱露出半截来。大刘掏出一把钱来，可就是没零钱，最小的也是五十元的。小王瞧瞧手中的钱，找不开。大刘拿了一张五十元的票子递过来说：什么时候找开什么时候给我就行。小王嫌麻烦，想起刚找给徐才五元钱，就说：让徐才给你先垫上，完了你还他。大刘就招呼徐才，徐才心里并不乐意把那五元钱掏出来，可又不能说不借，只好从兜里掏出来递给了小王。大刘对徐才说：我明天破开就还你。徐才忙说：不忙，不忙。

徐才晚上回到家，老婆在做饭，刚好没了酱油，就叫徐才去买。徐才伸手要钱，老婆说：你不是还剩五元钱呢吗！一袋酱油两元钱，还剩三元，给你吧。这要是五元钱在手里，徐才会为老婆如此的慷慨感动不已。可现在五元钱没在手，借给大刘了。徐才就有些懊恼，懊恼这次得三元钱的机会失去了，那可是整整三十片口香糖啊！足够他嚼上一个月的。老婆对徐才把钱借出去没说什么，找出两元钱递给徐才。徐才知道偏得三元钱的机会真的失去了，五元钱拿回来一定要如数上交了。

第二天一整天，大刘也没提还钱的事。徐才一天坐立不安，总用眼睛窥视着大刘，希望大刘从办公桌前站起来从兜掏出五元钱走过来还给他。大刘倒是站起来两回，只是没向他走来，去了厕所。大刘每次站起来，都让徐才心里一阵紧张，连忙收回窥视的目光低头装作看报纸。大刘去了厕所，他心里好一阵失望，有股尿浇了似的不是味道。整一天，徐才神经都高度紧张，感觉很累。回到家里告诉老婆，大刘没零钱，今天没还那五元钱。他说话都有些有气无力了。

一连几天，大刘也没还徐才的五元钱。徐才总是用心惦记着，用眼睛时刻瞄着大刘的一举一动，弄得一天天疲惫不堪，回到家里就先报告大刘没还钱，弄得老婆直说他烦。这天大刘从兜里掏烟，带出一沓钱来，徐才看见了，徐才发现那沓钱里有好几张五元的，徐才的心一下子提了起来，他看着大刘把那些钱又装回兜里，他的心就一下落入了深渊。有一瞬间，徐才冲动得想站起来走向大刘，要回那五元钱。大刘一定是忘了，大刘花钱从不怜惜，五元钱在他那儿根本不算钱，又怎么会记得借过自己五元钱呢！徐才克制了自己的冲动，他实在磨不开五元钱张口管人要，怎么能说得出口呢！想找机会对大刘旁敲侧击提醒一下，又找不到机会，徐才被五元钱折腾得很痛苦。徐才悲伤地想，这五元钱怕是拿不回来了。

晚上回家徐才就跟老婆说了，说大刘这个人粗拉，怕是想不起来还钱了。老婆知道徐才不会说谎，不能昧下那五元钱，只是轻轻地叹了一口气：白瞎了一天的菜钱。就不说什么了。倒是徐才晚上睡不着觉，在床上翻来覆去地想，那可是五十片口香糖，可以让我嚼上一个多月呢。

第二天是开工资的日子，徐才从财会室取了工资回来，大刘把工资倒在桌子上正问呢：我记得好像是借谁的钱了，咋就想不起来了。徐才差点没脱口而出说是借了我的钱。大刘的问声在他的心里像敲鼓，咚咚地让他热血沸腾，看来大刘不是不还钱，是真的忘了。徐才突然为大刘还记得借了别人的钱有些感动，虽然大刘忘了借谁的钱，借了多少。徐才决定放下了，把那五元钱从心里放出去，不让它弄得自己身心憔悴。大刘再问几声没人应语，他也就会放弃了，他是绝对不会把这件事压在心里的，大刘放弃了，我也该放弃了，徐才想。

没等徐才和大刘放弃，可巧小王进来了，听见了大刘的话，小王说：你嚷什么，你借徐才的那五元钱还了吗？大刘一拍脑袋：可不，我说好像借过谁的钱嘛，就想不起来了。拿了五元钱过来：徐才，我这么问你咋不吱声呢？徐才被突如其来的变化击得心房直颤，声音颤抖地说：就五元钱嘛！大刘把钱往他手里一拍：一分钱都得还，好借好还，再借不难嘛！说得徐才心蹦了一下。

徐才把五元钱揣在兜里，假装去厕所，进了厕所把门插上，从兜里把五元钱掏出来，看看，觉得那钱离自己又近又远，又亲又疏，突然就手捧着钱捂在脸上，不可名状地落下泪来。

晚上回到家，徐才把工资袋交给老婆，老婆看也没看，也没像往回一样从里面拿出零钱给他，就揣在了兜里。徐才想老婆还是没有忘记那五元钱啊！老婆不会知道，那五元钱此时就躲在他的兜里，感受着他热热的体温。一想到那五元钱，徐才突然有些惶惶，这五元钱放在自己的兜里，让老婆发现了可怎么办？可是，徐才想，这可是五十片口香糖啊！

谁的责任

记者赵林刚到报社，部主任便把一封信交给他说："群众反映市郊的湿地被附近村民大片开垦，你去调查一下，看看是部门监管不力，还是村民强行开垦，搞清谁的责任，写一篇报道。市郊的这片湿地对咱们城市空气的好坏可是有直接关系呀！"

赵林接过群众来信，读罢，气愤地拍在桌子上说："太可恶了，都被开垦三分之一了。湿地可是咱们地球的肺啊！我这就去调查，一定搞清楚谁的责任，好好报道报道，痛批一下。"说完，赵林立刻起身。

赵林先来到市郊的湿地，当亲眼看到大片的湿地被开垦成黑黑的田地后，赵林感觉自己的肺好像有些呼吸不畅，堵得难受。有几个村民还在开垦出来的田地上整弄着。赵林走过去，心痛地质问村民："谁让你们开垦的？"

几个村民相互望望，有些畏惧地望着赵林，讷讷地说："没谁让我们开垦，我们看这里一直荒着，就开垦点来种的。"

"什么？荒着？这是湿地呀！是地球的肺呀！就像人的肺一样啊！你们这是在破坏生态，是犯法的行为。"赵林为村民的无知气愤不已，大声喊道。

一听犯法，几个村民脸色惨白，哆哆嗦嗦地说道："我们也不知道开点荒地还犯法的呀，就觉得这地荒着可惜了的。也没人告诉我们开垦荒地是犯法的呀！"几个村民近乎哭腔着说。

赵林又气又怜地冲几个村民摆摆手说："行了，你们不知道，责任也不全在你们，领我去你们村委会一趟，村委会没能制止你们开垦和管理好湿地，该负重大责任。"

几个村民一听说村委会负有重大责任，一转身就跑没影儿了。望着跑去的村民，赵林好气又好笑，无奈，只好打听着找到村委会。见到村主任，赵林把湿地被开垦的情况一说，刚要质问村主任，村主任眼一瞪，惊讶而委屈地叫道："真的吗？也不知道他们私自去开垦湿地呀，知道了怎么能不制止呢！"

赵林不满村主任的叫屈，质问道："难道你们不知道湿地是受重点保护的吗？你们村里没安排人进行看护吗？"

"什么？看护？"村长更加惊讶地叫道，转而一笑，如释重负地说道："看护什么呀，这湿地又不归我们村所有。如归我们村所有，大开荒那年就开成田地了，还用等到现在私自去开垦。这片地归你们城里的。"

"归城里？"赵林惊讶。

"对呀！保准是归你们城里管的。"村主任肯定地说。"要说责任嘛，村民私自开垦是有责任，但这么多年了，就没见你们城里哪个部门哪个人来管过这片地，如果有人管，也不至于被开垦啊！"村主任望着赵林的脸色缓缓说道。

赵林起身就走，村民私自开垦湿地是有责任，但这个责任是主管部门疏于管理而造成的，主要责任还在于湿地的管理部门。返回城里，赵林仔细琢磨了一下，湿地也是土地，既然是土地，就应该归土地部门管理。赵林就直奔土地管理部门。见到部门负责人，赵林把情况说完，还没责问土地部门的责任，负责人一脸冤枉地说道："这湿地不归我们管啊！我们从来就没管过这片湿地呀！"

赵林就有些蒙，望着负责人说："不归你们管，归哪儿管啊？"

负责人想了想说："这湿地是调节生态环境的，应该归环保部门管吧！你去环保部门看看吧！"赵林只好起身出来了。

赵林来到环保部门，负责人听完赵林关于湿地被开垦的诉说，很是气愤，恨恨地说："这些村民啊，为了一点私利，就敢私自开垦湿地，太令人悲愤了啊！这湿地可是咱们这座城市的一个空气净化器呀！竟然给破坏得这么严重。"

赵林怕负责人愤恨起来没完，连忙问道："这片湿地咱们怎么没派人管理呢？"

"管理？管理什么？咱们有什么权力管理呀！也不归咱们管的。"负责人很是无奈地说道。

"不归咱们管？"赵林疑问道。

"是呀！咱们哪有管理权呀！不过，咱们有处罚权，可以对破坏生态的单位和个人进行处罚，追究其责任。你知道归哪个部门管理吗？我们一定要追究管理部门的责任。"负责人咬着牙说。

赵林哭笑不得地说："我还以为你们是管理部门呢！"

"湿地主要是水草丰盛，应该归农业部门管理吧？"负责人有些模棱两可地说道。

赵林只好起身，奔向农业部门。

赵林跑了一圈，也没找到湿地的管理部门，自然也没搞清谁的责任。回到报社，赵林把调查情况跟部主任汇报后，十分愤恨地说："竟然没有管理部门，看着湿地被破坏，竟找不到责任人。"

部主任脸色沉重地叹了一声说："调查得不错，已经找到责任人了。"

"没有哇！没有管理部门啊！"赵林不解地说。

"有，就是市政府啊！"部主任说道。

赵林恍然大悟，没有主管部门，市政府可不就是管理部门嘛！市政府没把湿地划归部门管理，本身就有责任啊！赵林望望部主任，迟疑地说道："这个报道发吗？市政府的责任写吗？"

部主任站起身来，盯着赵林说道："报道发了，市政府怪罪下来，你担得起责任？"

赵林一怔，起身往出走说："谁的责任还没搞清呢，我慢慢调查吧！"

好 景

厂子奄奄一息，上级派来一个年轻的厂长小王，希望小王厂长的年轻冲劲儿能够把厂子救活并蓬勃发展。小王厂长一进厂，立刻大刀阔斧进行改革，说是改革，其实就是精简人员，再确切一些说就是下岗分流。一时间，下岗职工纷纷骂娘，骂小王厂长的娘，拒绝离开厂子。小王厂长不火不恼，把上级同意厂子改革分流人员的红头文件贴在大门口，并把下岗职工的安置费一次性给足了，不几日，下岗职工便息了怒骂声，领了不菲的下岗安置费离厂而去。

老张也是下岗名单中的一员，也跟随大家把小王厂长骂得体无完肤，而且，老张骂小王厂长抗拒下岗的劲头最足、声音最大。看着一个又一个下岗职工领了安置费离开了厂子，老张有些慌了，拦阻众人说："真的就离开厂子了？"众人笑笑，脸上的怒气已是荡然无存，平心静气地说："不离开还能咋地？红头文件贴着呢！再说，这安置费也没少给的。"

老张极不是心思地说："就认得钱啊！就舍得离开厂子啊？"

老张找到小王厂长说："把我留下吧！离开了厂子我不知道自己能干什么。"

小王厂长望望老张，摇摇头说："留下你，不就又多了一个富余人员吗？"

老张的脸红了红，讷讷地说："我参加工作就进了厂子，二十多年了，真是离不开的。"

小王厂长拍拍老张的肩膀说："我能理解你的心情，可真不能留下你，也请你理解。"

老张不走。小王厂长走到哪儿他跟到哪儿，像个跟屁虫似的。小王厂长忍受不了了，晚间下班时告诉大门口的两个门卫，明日老张再来，不让他进来。老张已经下岗了，不再是厂子里的人，不是厂子里的人就不能随便进厂子的。

第二天老张再来厂子时，门卫便把老张拦住了。门卫把小王厂长说的话说给老张，门卫说："老张，你就别难为我们了，把你放进去，我们就得和你一样下岗回家的。"

老张愣了愣，苦笑一下，收回已迈进厂大门的那条腿。老张站在厂子大门外犹豫了一会儿，离开了。小王厂长办公室的窗户正好对着厂大门，小王厂长在窗户前看着老张离开了，小王厂长的心终于松了一口气。

小王厂长心里的一口气还没松到底呢，门卫便打来了电话，急急地说："老张又回来了。"小王厂长一惊，说："回来也不能让他进厂子。"门卫说："他不进厂子，就在大门外站着，可手里拿的东西怕是对厂子不好……"

小王厂长甩了电话扑到窗前，就看到大门外的老张手里举着一个标语牌，牌子上写着"我要上岗，我要进厂"八个鲜红大字。小王厂长的脑袋便嗡嗡的了，准备与厂子合作的外商明天来厂子实地考察，如果看到有人站在大门口举着牌子，这合作还能进行吗？小王厂长心急如焚。

下班后，焦急万分的小王厂长把两个门卫悄悄叫到办公室，小王厂长痛下决心对两个门卫吩咐道："明天老张一来，立刻把他拖进门卫室里的小屋，绝不能让他举着牌子站在大门口，让外商看到的。"

两个门卫面有难色，担心地说道："把他关起来，这可是违法的呀！我们……"

小王厂长一挥手说："就这么办，是我让你们这么做的，违法的是我，跟你们没关系。"

第二天，老张竟没来。一直到外商来厂，合作洽谈成功离去，老张也没出现在大门口。一直紧张不安的小王厂长和两个同样提心吊胆的门卫总算长出了一口气，反倒纳闷儿老张为什么没来。

　　次日，上班时间刚过，门卫的电话便打到了小王厂长的办公室，小王厂长连忙跑到窗户前往外看，老张又举着牌子站在了大门口。小王厂长想了想，叫门卫把老张请到了厂长办公室。

　　见面后，小王厂长问老张："昨天怎么没来？"

　　老张笑笑，说："昨天不是外商来厂子谈判吗！"

　　小王厂长一惊，不解地说："你知道。那怎么没趁机来闹一闹呢？"

　　老张收敛了脸上的笑，面容严肃地说："我举牌子站在大门口，不是什么好景的，我不能让外国人笑话咱们。何况，我也不想看到厂子死。我个人的要求和厂子的死活，哪重哪轻，我还是分得出来的。"

　　小王厂长的眼眶慢慢盈满了泪水，走过来紧紧地抓住老张的手说："老张，谢谢。我今天亲自请你回来，回厂子来。"

路　过

　　山根从地里回到村部，一瓢凉水没喝完，乡里的破吉普就哼着油门杵到了院子里。车没停稳，马乡长已从车上跳下来，急急地喊山根："抓紧，抓紧把路两边立着的秆棵都割了。"山根问："为什么？"马乡长说："县里来电话，省长明儿个要从咱这儿路过，让把路两边的秆棵都放了。"山根不高兴地说："你看看，现在都忙着收粮，哪里还倒得出工夫割秆棵呀！"马乡长就急了说："你别讲困难，你是村主任，你发动群众，你想办法。省长明天从这儿路过，你这段路旁要是有一根秆棵立着被省长看到，我就把你这村主任放倒了。抓紧吧，我还得去下两个村呢。"马乡长说完蹿上车就走了。

　　马乡长一走，山根就忙把喇叭打开了，要喊没喊，吓出了一身冷汗，后怕不已，自己这一喊可就要惹大娄子了，村民们知道省长从这儿路过，说不准有那刺儿头拦了省长的车呢！真要再发生了这种事，自己的村主任干不成了不说，怕是马乡长的帽子也要被摘掉的。山根立刻放下喇叭，让人把村干部各屯屯长都叫到村部来，把马乡长的指示说了。村干部们谁也不吱声，都一脸的不高兴，这个事情真是不好办，人家不割，你不能攥着人家割吧！村干部替割吧，那也割不过来呀。闷了一会儿，山根不敢再闷了，山根说："想不出好法子来，还搞承包制吧。一人包几户，亲戚包亲戚，党员包贫困户，既要保证秆棵放倒，又要防止有人拦车闹事，谁包的谁负责，出了差错就自己把自己放倒吧！好了，抓紧吧！连夜也要把路边的秆棵放倒。"村干部屯长们忙走了。

山根几乎忙了一夜，把自己家的秆棵放倒了，又帮着自己包的几户放倒了秆棵，天放亮时刚躺下眯了一会儿，村会计一头闯了进来，气喘吁吁地说："不好了，李玉宝的秆棵一棵也没放倒呀！"山根心就抖了一下：这老爷子，又犯倔脾气了。李玉宝参加过抗美援朝，脾气倔不说，凡事都还好较个真儿，一直是村里乡里头痛的人。想想，这样的人能给你割秆棵吗？山根赶紧起炕，吩咐村会计赶紧叫村干部们拿刀到李玉宝的地去，自己也拿了刀，往李玉宝的地跑去。山根和村干部们跑到地里，没割几棵呢，省长的车在乡里车的引领下、县里车的陪同下就过来了，山根望着由远而近的车队，脑瓜皮就嗡嗡地跑凉风了。

山根脑瓜皮嗡嗡跑凉风，坐在省长车里陪同的县长脑袋都要炸。这一路，省长望着车外，脸色阴沉沉的，也不说话，看得出省长是不高兴了。县长就想不明白，害怕省长不高兴，说工作拖拉没力度，才下了通知让一夜之间割了秆棵的，省长怎么还不高兴呢？前方路旁出现了一片没放倒的秆棵，一群人正在飞快地割着。县长看到了，省长也看到了，省长突然手一指那里，说："就在那儿停下。"县长头就轰地一下，硬着头皮跟省长下了车。县长下车望了一眼马乡长，马乡长忙跑了过来，县长低声喝道："这咋还有没放倒的呢？"马乡长也蒙了，回头看跑过来的山根，山根脸红红的，也不敢开口解释。

省长已下路向地里走去，省长阴沉沉的脸慢慢浮起了笑意，省长说："我就说嘛，这个时节，秆棵怎么能割得这么快呢！我还想是不是你们又给我搞民怨民恨的突击的呢。来，来，把刀给我，让我也割两棵，活活筋骨嘛。"省长冲割秆棵的村干部招手道。

县长就呆了，转而面露喜色，回头望着马乡长连连点头："做得好，做得好。"马乡长就受宠若惊地笑了，把一颗悬着的心放回了肚子里，回头去看山根，山根没看乡长，也不看县长，山根看着省长，省长正在动作娴熟地割着秆棵，山根的心酸酸的，两眼慢慢地蒙上了雾水。

站直了

腊月二十八夜晚,小刘在派出所值班。小刘是派出所的一名合同制民警,他十分热爱和珍惜这份工作,但在这天晚间发生了一件事,小刘失去了这份工作。

小刘是自己主动离开的。

派出所在一个工业园区里,派出所的辖区内是上百家大大小小的工厂。

也就是在新闻联播结束的时候,派出所的门被狠狠地推开了,王所长扯着一个人进来,紧跟着又进来一个身材矮小但很敦实的家伙。

被王所长扯进来的人被手铐铐着,脸色介于恐惧和平静之间,眉眼间还能看出一丝恼气。他被王所长使劲一拽,趔趄着撞坐到椅子上,低下了头。后进来的那人脸上有一块乌青,显然是被打的。他一脸的怒气,目光凶狠地怒视着坐在椅子上的那个人。王所长让满脸怒气的人坐下,他不坐,一摆手生硬地拒绝了。小刘从他声音的语气中知道他是个日本人,而且一定是哪个工厂的业主。那个日本人对王所长小声嘀咕了两句,王所长就对小刘说:"这个人殴打外商,性质十分恶劣,你做一下笔录,关他几天。"王所长说完,对日本人点下头,笑了一下,和日本人一同出去了。

小刘就开始做笔录。小刘让那个被铐着的人抬起头来说话。那人抬起头来,小刘看那人,脸色苍白但目光炯炯。小刘知道,这里的工人似乎都是脸色苍白的，他们白天黑夜猫在工厂里，很少见到阳光，脸色怎能不苍白呢！可有着炯炯目光，透射着一股倔强、一股抗争的人，却是很少见到的。

"姓名？"小刘问。

"张玉柱。"那人犹豫了一下，回答道。

"为什么打人？"小刘问。

"他该打。"张玉柱恨恨地说了一句。这回答是小刘没想到的。

张玉柱不等小刘接着问就自顾说道："我们已经三天两宿没合眼了，很多人都支撑不住了，可这日本人还不让我们停工休息一下。"小刘能想到不睡觉对人是一种什么样的折磨。

张玉柱接着说："有两个人实在挺不住了，趴在桌子上就睡着了，正巧让他看到，他薅起两人，一人就是几耳光，这还不算，还把我们一个车间的人都叫了过去，民警同志，你猜他叫我们干什么？"小刘的心有些沉。

"他竟叫我们全部跪在他的面前向他保证不睡觉，谁不保证就开除谁。"张玉柱愤愤地说，脸涨红了。

小刘也觉得自己的热血在沸腾。"你们跪了？"小刘声音紧迫。

张玉柱神情黯淡了。"跪了。他们都跪下了。"

张玉柱目光一闪说："可我没跪。"

小刘心酸酸的，又有了一丝欣慰。

张玉柱说："这个小日本看我不跪，竟扑过来踢我，我一躲，狠狠地回了他一拳，一拳我就把他撂倒了。他倒在地上哇哇地又喊又叫，掏出手机打电话，王所长就来了。是王所长把他扶起来的，他是故意不起来，我那拳还不至于让他爬不起来。"

小刘不再往笔录本上写了，问："你为什么不跪？"

张玉柱一昂头："跪，我给他小日本下跪？当年日本鬼子让我爷爷跪，跪了就不杀，可我爷爷硬是站着死的，我跪，我对不起我先人。"

小刘感觉到心里火热火热的，想了想，问张玉柱："王所长去的时候,他们还都跪着呢吗?"

"跪着呢,没人敢起来。"张玉柱显然为同胞们的行为羞愧,微垂下眼。

"王所长就没说什么?"小刘问。

"没有。什么也没说。"

小刘站起身来,走到张玉柱面前,小刘说:"把手举起来。"

张玉柱犹犹豫豫地举起带着手铐的手。

小刘打开张玉柱的手铐。张玉柱吃惊地望着小刘。小刘在张玉柱的肩膀上重重地拍了拍,激动地说:"兄弟,好样的。你走吧。"

王所长回来的时候,小刘已经脱下了警服。刚喝过酒的王所长喷着酒气问小刘:"那个打了外商的人呢?"

小刘说:"放了。"

王所长急了:"什么?放了,谁让你放了的?"

小刘没回答王所长的话。小刘把辞职书放到王所长的手里,对着王所长醉醺醺的脸孔吐出了两个字:"汉奸。"

上　学

山根中午回到家的,傍晚时就敲开了村小学教师徐老师的家门。徐老师开门见是山根,有些惊讶,村里出门打工的后生们还没谁回来后登他的家门,虽然都曾是他的学生。山根也是他的学生,可山根在他的课堂上只坐了三天,一个字还没学会呢,就不念了,像山根一样做过他学生的人村子里可是不少,他让他们念书,他们不念,是因为穷,他只有心痛。出外打工是近两年的事,出去的人回来多多少少都拿回点钞票来,这就促使更多人脱离土地外出打工,好在土地不是很多,在家的女人也忙得过来。

山根给徐老师带来了礼物。徐老师心里很感动,不收,徐老师说:"你拎回去吧!在外挣点钱也不容易,不要乱花钱。"山根红了脸,把礼物往徐老师跟前一推说:"徐老师,你一定要收下,我想……我想……拜师。"山根脸红到了脖根儿,眼睛不敢看徐老师。徐老师愣住了,直愣愣地望着山根。山根抬起头,诚恳地对徐老师说:"我想上学,想识字,不想做睁眼瞎了,你不知道睁眼瞎在外打工吃多少亏呀!跟人家签合同就因为不识字被骗了工钱,还说不出理来……没文化,不识字,钱挣得少不说,还让人家瞧不起,骂咱是刚出壳的土包子……徐老师,你教我认字吧!我到你课堂上听也行,就……让我补一补吧!"山根眼里噙满了泪水。徐老师感动了,动情地说道:"山根,我答应你。这样吧,我白天给那些孩子上课,你晚上到学校来,我教你。这几天出外打工回来的不少，你再看看村里谁想学就一块儿来吧！唉，没有文化，出外打工也不是那么好过的呀！"徐老师感叹一声。山根乐了，说："我明儿个就找他们，保准都想学的。"徐老师说："好，那咱明天晚上就开学，不能再耽搁了。"

第二天晚上，徐老师吃完晚饭早早来到了学校。山根已经来了，一个人站在校门口。徐老师心里有些失落。山根说："他们都不来，说都这么大了还学什么，怪丢人的。"徐老师就长叹一声："学无止境，怎么就不明白呢！走，进屋，上课。"

山根刚学了一个字，山根的女人就来了。跟着山根女人还来了许多人，是来看热闹的。山根的女人冲进教室，直扑到山根的面前，哭叫着对山根说："你嫌不嫌丢人呢？你都这么大岁数了还上什么学呀？念什么字呀？呵，出外打了几天工，心就野了，想认几个字在外找女人了，你这没良心的……呜呜。"山根女人这一闹，这课就没法上了，徐老师看看门口越来越多的人，每个人的脸上都很兴奋，徐老师心里一片灰暗，对山根说道："你先回去吧！能行，明天晚上再来。"山根脸红红的，突然伸手在女人的脸上搧了一巴掌，怒气冲冲地走出教室。女人没命地嚎叫了一声，紧跟着撵了出去。人群中有人说话："打女人了，这小子怕是真有外心了，快看看去。"人群转头呼呼啦啦地向山根家跑去。

徐老师把手里的粉笔捏断了。

第二天晚上，徐老师来到学校。不一会儿，山根来了。徐老师望望山根，山根脸色灰暗，对徐老师说："上课吧！"白天里徐老师已听说山根昨晚上把女人痛打了一顿的。徐老师点了一下头，回身在黑板上大大地写了一个字，他转过身来，教室里已多了一个人，是山根的爹。

山根爹黑着脸，站在山根的旁边，看都不看徐老师一眼。山根爹威严地对山根说："你还上什么学？你是有女人的人，不好好过日子，别说我不认你这个儿。"山根爹说完就走了，走路的声音踏得很响，不像来时一点声音都没有。山根就从凳子上站了起来，他看看徐老师，徐老师望着他，脸色悲哀。山根含着泪走到讲台，把手中为了学习特地买回来的

·060·

一只新钢笔轻轻地放在徐老师的讲桌上,冲徐老师深深地鞠了一躬,转身走了。

  徐老师拿起山根留下的钢笔,两滴清泪落在了讲桌上。

  村里有人看见:徐老师在教室里整整坐了一夜。

  山根第二天一早就又外出打工去了。

谁叫你没能耐呢

老张回到家，看到儿子小张还在电脑前聚精会神地玩着游戏，老张就很是生气，生气的老张叱责小张说："玩儿，玩儿，就知道玩儿，你这大学算是白念了。"

小张转头，冷漠地看了一眼老张，又转向了电脑。老张就气不打一处来了，大声地呵斥小张说："玩游戏能当饭吃啊？你不找工作整天在家玩电脑能活啊？"

小张"啪"地狠敲了一下键盘，扭过头来有些愤恨地说道："是我不想找工作吗？你也不看看，有几人找到正经工作了。"

老张有些糊涂地说："什么叫有几人找到正经工作了？"

小张叹口气说："别人咱不说，就我的那些同学也没几个找到正经工作的，还不都是东奔西跑打杂呢。"

老张有些恨铁不成钢，也想激励激励小张，就说："那不还是有找到正经工作、好工作的吗！你不出去找，坐在家里，天上能掉馅饼啊！"

小张眼神怪怪地望着老张，摇了摇头说："你可真不谙世事，现今什么世事你都不清楚啊！那找到正经工作让人羡慕好工作的是自己找的吗？自己找也找不来。说来说去，还不是你没能耐，我大学毕业才闲在家里的。"

老张就愣住了，怔怔地望着小张，不明白小张说的什么意思。小张看看发怔的老张，恨恨地说："你还不明白啊，那些找到正经工作、好工作的，父亲都是有能耐的，所以才能有好工作。我同学小王，一毕业就到机关上班了，为什么？还不是他父亲是处长。还有小李，毕业就到市里最大的公司上班，一上班就是部门经理，为什么？因为他父亲是总经理。睡我下铺的小孙，没毕业呢，好几家单位来抢着要，除了机关就是大公司，为什么？因为他父亲是厅长。可我呢？我父亲是干什么的，说好听点，环卫工人，其实还不就是个扫大街的……说来说去，谁叫你没能耐呢，如果你是个厅长、处长、经理的，我还至于坐在家里吗？而且，连玩的电脑都是二手的，慢得像老牛……"

老张望着喋喋不休的小张，头嗡嗡的，一跳一跳地痛。老张揉了揉太阳穴，费力地说道："咱跟人比不了的，咱只能靠咱自己。我也没那能耐的。"

小张冷笑一声说："是啊，没能耐就不要说我了。"说完，把脸又转向了电脑。老张感到脸烫烫的，心堵堵的，默默地站了一会儿，转身出了家门。老张来到父亲家里，老张一见到已经年迈的老环卫工人老老张，眼睛里登时有了委屈的泪水。

老老张看看已经半百的老张，口齿不清地问了一句："哭啥？"

老张就擦了一把泪，埋怨老老张说："谁叫你没能耐呢！闹得我也只能是个扫大街的，啥能耐没有，你孙子埋怨我没能耐的，他大学毕业还呆在家里……"

老老张怔了怔，哆哆嗦嗦地说道："你还能跑到我这儿来埋怨我没能耐的，我埋怨谁呀？你爷爷已经死了……"

说　谎

　　我和妻子被儿子的老师叫到了学校。儿子小学二年级了。
　　我和妻子来到儿子的班级，教室里只剩下我儿子一个学生了，孤零零地坐在座位上，小脸焦灼地往窗外张望着。当然，儿子的老师在教室里，我们进来时她正在讲台上批改作业。看我们进来，儿子焦灼的小脸立刻惊慌起来，目光胆怯地躲闪着，又不得不望着我和妻子。我和妻子这时哪有工夫理会儿子，连忙把笑脸扔给已经抬起头来望着我们的老师。
　　儿子老师的目光把我和妻子狠狠审视了一遍，看得我们腿肚子直颤。儿子不犯错误而且不犯严重性的错误，我和妻子是不会同时被叫到学校来的。到学校来了，不是把犯了错误的儿子领回家去就完事的，而是要接受老师直接对儿子、间接对我们的批评教育。直接被批评教育的儿子不一定会腿打颤，可"间接的"就不行了。这是许多接受过孩子老师间接批评教育的学生家长的共同体验总结。当然，腿打颤不是因为害怕，而是羞愧和对孩子的气愤。儿子老师审视完了我和妻子，确信我们的笑容虽然紧张得不自然但很真诚后，微叹了一口气，对我和妻子说道："你们家的孩子，样样都好，就是不诚实，好说谎。我是孩子老师，我有必要告诉你们，如果不改正的话对孩子成长极为不利……"我和妻子鸡啄米似的点头，脸红得像鸡冠子似的，就好像我们说谎被老师抓住戳破了一样。
　　我和妻子给老师下了保证，一定把儿子好说谎的毛病纠正过来，把儿子领回了家。到家后,我和妻子立刻开始了我们惯用的教子方式,在沙发上正襟危坐,命令儿子立正站在我们的面前,接受我们的询问和教育。当然,气愤之极时也可能伸手拍打两下的。

妻子口才比我好,每次都是她开场发问。妻子盯着儿子说:"说吧,撒了什么谎话?"我也横眉冷对着儿子。

儿子半垂着头,挑着眼皮瞟着我们声音怯怯地说:"我跟同学们说……我爸爸是局长。"

"什么?"我从沙发上一跃而起:"你说你爸爸我是局长?你怎么不说你爸爸我是县长呢!"儿子这个谎撒得可够大了,我连个干部都不是,只是一个小工人,而且还是一个已经苟延残喘的小厂子的小工人,成为下岗工人的日子都指日可待了。妻子拽了我一把,把我拽坐在沙发上,不满地看我一眼,声音柔和地问儿子:"为什么要说你爸爸是局长呢?"

儿子瞄了我一眼,小声说:"许多同学的爸爸都是科长局长的,我的爸爸为什么不能是?"

"可爸爸不是,你说是就是撒谎。"我气愤地说道。

"行了。"妻子扬了一下手,打断我的话,不满地对我说道:"你自己没能耐,儿子说说也不能成真的。"

我有些心虚,妻子虽不是领导,但也是个国家干部的。但我还是强硬地说道:"说说也不行,不是就不是,你不能撒谎说假话。"

妻子说:"那让儿子说什么?说他爸爸是个工人,还是个就要下岗的工人,你让儿子在同学面前咋抬起头来?"

"是个下岗工人就抬不起头来了!"我感觉火气在往上蹿,冲妻子嚷道:"我看孩子撒谎这毛病都是你惯出来的。"

妻子立刻高声反驳我道:"是你没能耐,咋不说呢!如果你是个局长,儿子还用得着撒谎吗?儿子撒谎还不是为了不丢脸,儿子那么小,你就让他在人面前抬不起头来呀!"妻子说着眼泪就下来了。妻子眼泪一下来,我就头晕了,想说什么没说出来,脑子里混沌一片。

我和妻子争吵的时候,儿子一直立正站在我们面前,不过已不是低垂着头、躲闪着我们的目光了（因为我们的目光已不在他的身上了），而是仰头，目光在我和妻子因争吵而涨红了的脸上来回移动着，似懂非懂地看着我们争吵。

我不敢言声了。妻子的哭泣却伤心欲绝的，肩膀抖动得很厉害，眼泪刷刷地往下落。流着眼泪的妻子嘴没停止哭诉，但已经不是面对儿子了，而是完完全全地针对我了。在妻子的悲戚中我才知道，儿子说谎的主要原因在我了，是我没能耐，没当局长。儿子在同学面前把我说成局长，是抬举了我。而且因为我没能耐，这个家庭生活过得不富足，不能丰衣足食，等等。最后，妻子一把把站立的儿子拽到怀里，一声长悲道："嫁给你，我真是倒了八辈子霉了！"

在妻子的这一声悲痛中，我立刻如一摊烂泥一样堆缩在了沙发里。这种结局是我没料到的，没想到我和妻子对儿子说谎的批评教育会改成了妻子对我的痛诉会。好在我这个人比较坚强，不一会儿被妻子哭晕了的大脑就逐渐地清醒过来，清醒过来的我望望被妻子搂在怀里的儿子，再想言归正传、严厉地批评教育儿子已经是不可能了。我只好对儿子说道："以后不要在同学们面前说爸爸是局长了。"

儿子忽闪着一双已经湿润了的大眼睛问我："那我说爸爸是个下岗工人吧！"

我感觉到我的心扑通了一下，酸酸的，强忍着泪水，摸了摸儿子的头说："什么也不说，不要在同学们面前提爸爸。"

一周后的一天，我又接到了儿子老师的电话，儿子老师显然十分不高兴地在电话里对我说道："你儿子的说谎毛病还是没有改呀！而且我看还严重了。"

我心惊不已，忙问："他又说什么谎话了？"

儿子老师说道："这回他爸爸可不是局长了。他跟同学们说，他没爸爸。这孩子，这不是睁着眼睛说瞎话呢吗……"

我脑子里猛然一片空白。

谁叫我是你爸爸

小张大学毕业了。小张对老张说:"我不想回来,我想在外面闯一闯。"

老张微闭着眼,似聆听,似养神。小张说完半天,老张才缓缓打开眼帘,目光严肃地投射到小张的脸上说:"还是回来吧。我说话还是好用的。"

小张望望老张,还想说,老张摆了一下手说:"就这样定了吧。"

小张就回来了。

小张对老张说:"我不想从政,我去学校吧。"

老张有些惊诧地望着小张说:"去学校?去学校干什么?"老张的语气明显不悦。

小张看看脸色不悦的老张,迟疑了一下说:"要么,我去科研单位吧!"

老张摇了一下头,极其不满地说:"你还能不能有点出息,你念了这么多年书就念出这么点志向!"

小张低垂下了头,声音微小地说:"我不喜欢从政的。"

老张哼了一声,口气不容置疑地说道:"哪有那么多自己喜欢做的事情。要知道,多少人想从政还从不了政呢!我已经跟李局长说好了,你明天就去他那儿报到。"

小张就到李局长处报了到。

小张对李局长说："你看看能不能让我到业务科室，我想安心搞点业务的。"

李局长怔了怔说："我的意思是让你在办公室的，这样对你今后的发展有好处。到业务科室，是能学点技术，但恐怕一辈子都没发展的。"

小张笑笑说："我就是想学技术，我不太喜欢从政的。"

李局长看着小张，脸色很为难，犹豫了一下说："我还是跟张县长沟通一下吧。"

小张忙说："能不跟我父亲说吗？"

李局长微笑着摇摇头。

小张叹息一声说："那……我就去办公室吧！"

李局长立刻说："这就对了，你这么年轻，又是大学生，是要有远大志向的。这样，你刚刚参加工作，职务也不好过高了，就先到办公室做个副主任吧。"

小张问："那我都做些什么工作呢？"

李局长说："不用做什么，先熟悉办公室工作。"

小张不解地望着李局长。

李局长说："你只管熟悉办公室的工作就行了。材料和事务由秘书们去做，除了熟悉工作外，主要是学习办公室王主任是如何安排和协调工作的，王主任是多年的老办公室主任了，经验很丰富，但岁数大了，也该换个岗位了。"

小张望着李局长，有些似懂非懂。

半年后，已熟悉了办公室全面工作的小张做了办公室主任。

很快，做了办公室主任的小张学会了应酬，学会了协调局长与副局长间的矛盾，学会了如何给下属们安排工作。更重要的是，小张学会了如何做一名领导，虽然小张现在只是局里一名中层领导，但小张已然感觉到了一点甜甜的领导味道。

一年后，局里报请县里提拔小张为副局长。虽然感觉到了当领导的甜味道，并且已经有些喜欢上了这种甜味道的小张还是对老张说："是不是有些太快了啊？"

老张赞许地望着小张，满意地点点头说："有点政治头脑了。还需要进一步加强锻炼的。"

半年后，局里再次报请提拔小张做副局长，县里同意了。小张做了副局长。做了副局长的小张，完全明白了自己做办公室主任时为什么局长与副局长之间的矛盾那么多，那么难以调和。因为做了副局长就想做局长，就想说了算，怎么能没有矛盾呢？

小张就觉得自己与李局长之间好像也有矛盾了。小张感到自己想做到李局长位置上的欲望在一天天膨胀、疯长。小张就觉得现在的李局长比自己做办公室主任时的李局长缺少了亲切，有些让人厌烦。

小张对李局长的厌烦很快便被李局长察觉出来，李局长一声长叹，对小张说："我老了，现在应该是你们年轻人的世界了。"

李局长的这句话让小张有些于心不忍，小张对老张说："把李局长安排好一点吧！"

老张一愣，老张望着如此对他说话的小张，有些担心地说："你当了局长后可千万要把握好自己啊！"

当了局长的小张还是没能把握好自己。

小张局长被反贪局请去的那天，已退休了的老张听到消息后，一声长叹，两滴老泪凄然而下，老张对老伴说："把咱们的养老钱取出来吧！"

老张见到了小张，父子俩相对半晌无语。

小张望了一眼老张说："当初我说不从政，你非得让我从政啊！"

老张说："当老子的哪有不希望儿子出息的呢。"

小张听老张说已经用养老钱补了他的窟窿，小张哽咽着说了一句："对不起！"

老张哀叹一声说："应该的，谁叫我是你爸爸呢！"

锁

再高级的锁到了他的手里也就成了一件玩具而已。自他偷盗以来，开过的锁上百把，还没有一把锁让他用过五分钟的时间打开呢。他沾沾自喜的同时也不免有些失意。

他是个穷人。穷人的生活也有许多选择方式，而他却选择了偷盗。其实他不喜欢这个活法，但他又控制不住自己的冲动，他喜欢开各种各样的锁，喜欢开富人家的各种各样高级防盗门上的防盗锁。每当打开一个富人家的门锁时，他都会有一种如释重负的巨大喜悦，他知道，他已经对开富人家的门锁有了嗜好，他想他可能是仇恨那些富人，那些富人已经成了他心头上的一把锁，可他却打不开它。他只能一次次地去开富人家的门锁，一次次地让心理感受巨大的喜悦。

他有自己的规矩。他不去开穷人家的门锁，因为他是个穷人，他知道穷人家里都有什么，他也知道穷人失去了自己认为贵重的而在富人眼里不值一提的东西会有多么痛苦，他不想看到穷人的痛苦，那不是他的本意。他也不屑去开穷人家的锁，穷人家的锁一定没有富人家的锁高级、难开，对不难开的司空见惯的锁他一点也提不起兴趣来。他去开富人家的锁，永远都有一种激情。当然，他都是在富人不在家的时候去开锁。开锁后他会大摇大摆地进屋，从装着各种高档酒的酒柜里拿出一瓶他没喝过或叫不上名字的酒，启开倒上一杯，只是一杯，然后他一边慢慢地品尝着酒，一边像一个买房人似的逐个房间观看，很快他就能找出富人们放钱的地方，他不会一窝端，也不会拿物品，物品他觉得既招眼又不好处理，他只拿现金，如果现金很多，他会拿一到两万，如果不多，就拿三千或五千，如果再少，就拿有的一半。他把现金装好，然后从兜里拿出一张早已用左手歪歪扭扭写好的纸条，纸条上写着一句话：兄弟现在很饿，拿你点钱去吃顿饱饭。谢谢！他通常把纸条放在客厅显眼的茶几上，把酒杯里的酒喝干了，把空酒杯轻轻地压在纸条上，然后开门离去。他很知道这些富人的想法，他们回家看到纸条后会大惊失色，会立刻去查看他们的现金，而当他们看到丢失了相对于他们的钱财只是一点点的时候，他们又会惊喜不已，还会认为他是一个侠盗，是一个真正的因饥饿而偷盗的人，是一个极容易满足而又良心未泯的人。他们接下来就会认为你拿了那点钱真的是去应急，而不是专门来偷盗他们，他们还会在心里感谢你没有把他们的钱全部拿走而只是拿了一点，这点钱和一系列的思考使他们自然而然地就放弃了要报案的想法，他们不想因为丢一点钱和你的"侠气"让别人知道自己的财富，虽然谁都知道他们有钱，可就是这样，他们明明知道人们都会这么看他们，可他们还是喜欢掩藏。当然，也有那么一部分富人的钱不是因劳动而来的，他们更不想因此而带出别的问题来，默不作声就是最好的选择，哪怕他的钱让人一窝端了，更何况他从来都只是拿很少的钱呢！

因此，他生活得很逍遥，也很惬意。现在富人多的是，他们又有谁会想到他偷他们钱其实是为了开他们家的门锁，在开门锁的过程中寻求快乐呢！

今天他遇到了难题。三分钟已经过去了，可他现在开的锁还是没有一丝反应。他突然觉得自己原先的想法是错误的，今天他开的是一个穷人家的锁，他总是认为穷人家的锁比富人家的锁更容易开的。他本来是没打算开这个穷人家门锁的，可今天走到这个穷人家门口时，他突然有一股强烈的想开锁的欲望，他都能听到他的心在嘭嘭跳，感觉得到手也在微微地颤抖，他知道他控制不住自己了，他必须开这个锁。这就像一个吸了毒的人一样，毒瘾上来了，想控制也控制不住。他是不偷穷人的，他决定，他只打开这个门锁,然后就离开。

又一分钟过去了。他手中的工具在锁眼里小心翼翼地探索着,他的耳朵贴在门锁边,专注地听着工具在锁眼里拨动……他多么希望听到咔嚓的一声响——门锁打开时的声响。可是,他手里的工具就像伸进了一个无底洞,有一股无着无落的感觉。他的额头上沁出了一层汗水。

五分钟过去了。这是从来没有过的情况。他开了那么多富人家的锁,还没有一个超过五分钟呢!可今天这个穷人家的锁,他却五分钟没有打开。他望着普普通通的门锁,心里突然飘升起一阵悲哀,这个穷人家的锁怎么比富人家的锁要难开呢?这怎么可能呢?他深深地吸足了一口气,再次抬起手来,工具又一次伸入到锁眼里。还是不行,他什么也找不到,也听不到。又一个五分钟过去了,他放弃了。他从来没有过的筋疲力尽,他一下子堆坐在了门旁。

不知过了多久,他看见有人向这个门走过来。他知道走来的人一定是这家的穷人了,可他不想起来,也不想逃开,他就那么坐着,望着那个穷人走过来。穷人走到了家门口,望着坐在门口的他说:"你怎么了?看上去脸色不是太好!"他说:"我饿了,想找点吃的。"穷人就笑着说:"你为什么不进屋自己找呢?我家里虽没有山珍海味,但还是能找到点粗茶淡饭的。"他也笑了,望着穷人说:"我是想进去的,可我打不开你家的门锁。"穷人拽住门拉手一使劲,门开了,穷人说:"这门根本就没锁。我这样的人家,连贼都不来,哪像那些富人家,怕人偷,安这个锁那个锁的……"

他一下子就呆住了。他怎么也打不开的门竟没有锁。

他突然跳了起来,眼含热泪。穷人被他的举动吓了一跳:"你怎么了?"

他手指着自己的胸口,激动得泪流满面地说了一句:"开了。"

他把手里开锁的工具一把塞到穷人的手里,转身跑走了。穷人被他的举动闹蒙了,莫名其妙地看着手里那个能打开富人家门锁的工具:这是干什么用的呢?

一元钱

平从车站口出来，妻笑盈盈地迎上来。妻笑得很甜，从他的手里接过干瘪的提包，柔情地望着他说："什么都不要在乎，回来就好。"

平呼地心热得一眼窝子泪。平南下"淘金"一年多，许多同平一块儿去的人已腰缠万贯，平却依旧一贫如洗。平心里清楚，自己不是那"淘金"的人，只是那种有一份安定的工作安稳过日子的人。可平还是南下了，平是在妻子强烈的梦想中，极不情愿地辞去了安定的工作，去南方圆发财梦的，确切地说，是圆妻子的发财梦。平在南方度日如年，常常找不到活儿干，他想回家，可他不知道没有了稳定的工作他还能干什么？面对迫切希望自己成为"款爷"的妻子说些什么？这时，平收到了妻子的来信，妻子在信中说，她现在迫切地希望他回来，钱并不是主要的……显然，妻子不仅仅是因为想念他了，而是他不可能成为"款爷"了。平还是读湿了妻子的来信。

妻子望着他的目光柔情似水，像初恋时久久深望着他的目光，平的心里就滚热了。有人从他的身边走过去，碰了他一下，他才从妻子的目光中醒悟过来，脸红地把自己的目光移开了妻子的脸。

平目光一转，恰巧落在了一个靠在墙角处的老人身上。那是一个衣不裹体乞讨的老人。老人半跪着，头微垂着，纤细的脖子像是会随时折断的样子，颤巍巍地支撑着瘦弱的头颅，花白的头发像稻草似的蓬乱不堪，很扎眼。平心里深深地动了一下，不由自主地朝老人走去。

老人察觉到有人走过来，站在了他的面前，就颤巍巍地抬起头来。平看见了一双灰色的、无神的、透着凄苦悲凉的眼睛。

平摸兜掏钱，掏了个底朝天，才掏出一元钱。平只剩下这一元钱了。平知道，如果妻子不来接他，他就用这一元钱坐三站地的车，再走上三百米到家。而现在平知道了，即使妻子真的没来接他，他也会毫不犹豫地将这一元钱送给这位乞讨的老人。

平把钱递过去。他看见老人眼里涌出了感激的泪水，颤抖着干裂的嘴，声音嘶哑地说道："好人呐，谢谢……"老人伸出一双黑黑的鸡爪般干瘦的手颤颤地来接钱。

老人的手刚刚触到钱，突然一只手伸过来，飞快地把一元钱抢了过去。平抬头，是妻子。妻子拽着平就走："这样的人多了，都假装骗钱的。"

平看见了老人眼里失望的痛苦，平说："他不是装的，就一元钱……"平想到了在南方时的自己，心里一片酸楚。

妻子大声大气喊道："哪个骗子会告诉你他是骗子？一元钱也是钱，也不能让那个老东西骗去啊！"妻子的脸上已是阳光散去，乌云笼罩。

平站住了，不认识似的望着妻子。突然抬手，"啪"地一声，妻子挨了平一耳光。平从被打呆住了的妻子身边走过去，喃喃地说着："他多可怜，你根本不懂……一元钱……"

妻子捂着火辣辣的脸，怔怔地望着头也不回向前走去的平，委屈地冲着平的背影喊道："平，你疯了吧？"

谁敢误人子弟

儿子放学回来，蹦蹦跳跳的，看上去十分高兴。进屋，儿子把书包往床上一甩，很夸张地做了个胜利的手势，喊道："耶！没留作业。"

这有点意外，读小学三年级的儿子每天回来都因作业太多而苦着一张小脸的，今天怎么没有作业的呢？我问儿子，儿子摆弄着他的玩具车说："我们换老师了。今天新来的老师没给我们留作业。"哦，换新老师了，要不怎么没留作业呢！新老师头一天上课，不留作业似乎也在情理之中。

没想到的是，一连几天，儿子都是蹦蹦跳跳、乐乐哈哈回来，把书包一甩玩了起来——老师没留作业。我有些坐不住了，心里有点慌，把儿子从玩耍中拽起来，问道："怎么又没留作业？"

儿子眨眨眼睛说："我怎么知道？没留作业就是没留作业的。"

我威严地望着儿子问道："真的？是不是你撒谎？老师怎么可能不留作业呢？一天两天还可能，这都三四天了，你说，是不是在撒谎？"

儿子小脖儿一挺，委屈地说道："没有，老师就是没留作业的，不信你问老师去。"

我松开了儿子。儿子敢这么叫号想必是老师真没留作业的。儿子又玩了起来，看看儿子甩在一旁冷落了好几天的书包，我的心里惴惴不安。老师不给学生留作业，怎么说得过去呀？我想给儿子的老师打个电话问问，是不是儿子在说谎，现在的孩子，主意正着呢，嘴也硬着呢。正要打电话，电话响了，接起来一听，是儿子同学的爸爸老张，我们认识的。老张急急地问我："你儿子写没写作业？"

我心里呼地就明白了老张为什么这么问，我忙说："你儿子也说老师没留作业吧！"

老张说："可不是啊，这都好几天了，放学回来一个字不写，都快把我急死了，我还以为孩子不愿写作业撒谎呢！打了好几个电话，还真是老师没留作业。你说说，这什么老师啊，连作业都不留，这孩子的学习能好吗？孩子学习不好，将来怎么办哪？"

我心里咯噔一下，慌乱了，甚至有些恐慌，不用给儿子的老师打电话求证了，儿子没撒谎，老师确实没留作业。老张的话倒出了我的心声啊！我最大的愿望就是儿子学习好，将来考一个好大学的，可儿子现在放学回家后连作业都没有了，只顾着玩，怎么能够考大学呢？

我真是生气了，放下电话后，一把抓起儿子的书包，啪地摔在儿子的面前，吼道："别玩了，学习。"

儿子怔怔地说："学什么？老师没留作业的。"

我一瞪眼："没留作业就不能学了？复习学过的。"望着一脸不情愿、慢腾腾打开书包的儿子，我觉得问题有些严重，我决定去学校找儿子的老师说一说。

第二天我就去了学校，找到儿子的老师，自报了学生家长的名号后，我十分委婉地、也十分恭敬地对儿子老师说道："这小子回家疯玩，不留点作业压压他，怕是玩疯了，上课都该不注意听讲了。"

老师立刻明白了我所说的意思，笑笑说："我跟学生们讲了，只要他们上课认真听讲，听会了，自习课时好好练习，巩固了，我就不留作业，让他们放学后回家玩的。学生们上课都特别认真，也都掌握巩固了，所以我才不给他们留作业的。何况，他们这个年龄，也该让他们好好玩玩的。"

"什么？好好玩玩的？"老师的这句话让我心里呼地蹿上来一团火，我有些不高兴地说："这么玩终归要影响成绩的吧！学习不好，将来怎么考大学呀！"

老师说："适当的玩耍并不影响学习，你看人家国外，孩子玩的时间比学习的时间还多呢，同样成长得很好。"

我极不是心思地说："是吗？这我倒不知道。我只想让我儿子学习好，将来考上好大学，如果可能还要考到外国的。我认为他现在这么玩是会影响学习的，他还是应该放学回家后就写作业的……"

老师笑着摇头，说："请你相信我……"

我怎么能够相信他呢，连作业都不留的老师怎么能够教出好学生呢？我立刻起身离开了，气呼呼地闯进校长室，我对校长大声说道："……这样下去，我的孩子就被耽误了，我请求把我的儿子转到别的班级去，如果不同意，我就把我的孩子转离你们学校……"

离开学校时，在校门口碰见了几个儿子班的学生家长，他们也是怀着与我同样的心情来找老师的。我立刻告诉他们："那个老师是铁了心了，说不通的，去找校长，让校长跟他谈。"家长们立刻斗志激昂地向校长室跑去。

晚间，儿子放学回来，没有蹦蹦跳跳的，进屋后，立刻掏出书本写作业。我一直悬着的心这才咚地一声落在了肚子里。

窗

春光灿灿烂烂地照在院子里，春淡雅清新的气息随风飘荡，春天已经来了。院子里那株老树已绿了，把粗大斑驳的身躯笼罩在伸展的绿叶下。几只不知名的小虫藏在枝叶里"沙沙"地鸣唱着，阳光真好。

孩子的脸紧紧贴在窗玻璃上，鼻子压得扁扁的，稚嫩的小脸在窗玻璃上挤压成了一个平面。两只黑亮黑亮的大眼睛目不转睛地望着窗外老树下玩耍的几个孩子，他们是小猴、小猫、小花还有小狗，这是他们的绰号。自己也有，叫小兔。孩子回想着，咯咯地笑出声来。望了一会儿，孩子眼睛有些酸，他把目光向上抬了抬，窗外的天空蓝蓝的，几朵雪白的云慢悠悠地飘过来。要是能在那上边多好……孩子想。雪白的云游走了，从孩子的眼睛里走掉了。天空蓝得透明，像深深地平静的一面湖，孩子多想到那湖里畅游一番呀！

孩子把目光转回到树下，小花开始跳皮筋了，两只小辫子随着她一跳一跳上下翻飞着。小猴呢？小猴又爬到树上去了，他爬得又灵巧又轻快，一蹿一蹿真像个猴子……孩子心里突然涌上一股说不出的难受。孩子回过头来，瞧了一眼窝在沙发里看杂志的父亲，脸红了。他怯生生地冲父亲叫了一声："爸爸，屋里真闷。"父亲抬起头，没有看孩子，站起身来把窗户上边的透风口打开了。一股凉丝丝的空气从透风口钻了进来。孩子深深地吸了两口，没再说什么，瞅了瞅又回到沙发里看起杂志的父亲，扭转头把小脸又压在了窗玻璃上……小猴爬得真快，都钻到树叶里去了，从树叶里探出圆圆的黑黑的小脑袋。小猴在摆手，小猴看见我了，冲我摆手呢！孩子心里一阵欢喜。但这欢喜立刻就变成了一股说不出的委屈漾在了孩子的心里，孩子的心酸酸的。小猴滑到树下去了，他们开始踢沙包了。小猫踢得最好，但小猫还踢不过我的。孩子心里有了一丝得意。

"爸爸，我想……我想……出去玩一会儿！"孩子终于忍不住了，回过头来，望着父亲，吞吞吐吐小声恳求着。父亲抬头看了一眼孩子，起身走到窗前，往出看了看，然后抚摩了一下孩子的头说："别出去了，跟那些野孩子能学什么。"

"他们不是野孩子，他们是咱这楼里的孩子。"孩子昂起头，瞪着充满希望的大眼睛，对父亲嚷道。

"好了，听话。"父亲皱了下眉头，口气透出一丝严厉。拍拍孩子的头，又坐回到沙发里。孩子委屈极了，他猛地转过头去，把脸狠狠地贴在了窗玻璃上，眼睛里涌出了大滴大滴的泪水。

突然，一只小鸟从透风口钻了进来，"啾啾"地啼叫着，在屋里打着旋地飞，它找不到进来的入口了。孩子惊喜地叫了起来："爸爸，小鸟！"父亲跳起来，飞快地把透风口关上了。小鸟唯一可以飞出去的出口被堵死了。孩子兴奋的目光紧紧追随着小鸟，父亲则在不停地哄撵着小鸟，小鸟惊恐地在屋子里不停地飞转着。小鸟终于飞不动了，扑颤着翅膀顺着窗玻璃滑落下来。父亲扑过去，一把抓住了小鸟。父亲找出他曾用过的鸟笼，把小鸟装了进去，递给孩子。孩子小心翼翼地接过来，生怕笼子里的小鸟会突然跑掉。当孩子确信小鸟无论如何也飞不出去了，孩子的脸上有了灿灿的笑容。

孩子把鸟笼贴在窗户上。小猴他们还在玩耍呢。看见了吗？我有小鸟，你们有吗！孩子心里得意地冲着窗外的小猴他们说。小鸟真漂亮，可小鸟在笼子里拼命地往外冲撞着。小鸟你安静点，我给你拿蛋糕吃，给你饮料喝。小鸟只是一个劲儿地往外撞着，冲着明亮的窗撞着笼子。小鸟的嘴撞破了，紫红的血迹从嘴角渗出来……

孩子脸上的笑渐渐不见了,眼里竟有了晶莹的泪珠。孩子默默地搬过来一把椅子,孩子爬上椅子,踮着脚费力地打开了透风口。

"你干什么呀?摔着哇!"父亲惊战地叫声在孩子的背后响起,孩子没理会父亲的叫声,他打开笼子的门,把笼口对向了透风口……小鸟撞了几下,嗖地从打开的笼门和透风口飞了出去。

孩子爬下来,把空笼子递给怔呆了的父亲,转身把脸又贴在了窗玻璃上。孩子的小脸又压成了一个平面。

折竹签

在又一次提拔榜上无名后,老高陷入了人生的又一次悲哀之中。在机关里工作的老高,跟大多数在机关里工作的人一样不能脱俗,做梦都想登上一个领导岗位。毕竟,领导岗位还是有着太多诱惑的。

老高要喝酒,喝酒的目的自然是借酒消愁,诉诉内心的苦闷。老高就打电话找我,我是他最好的听众。俩人喝酒不宜吃炒菜,就去吃烧烤。

一口干掉一杯酒,老高咽下了一串肉,悲愤地说道:"为什么呀?我工作上哪点不如他们啊!"老高所说的他们一定是这次被提拔的人。

老高工作能力很强,也很埋头苦干。老高的妻子因为老高经常加班不顾家而哀怨。

我自作明了时世劝慰老高说:"提拔不提拔也不能光靠工作能力,跟领导搞好关系也很重要。"

老高一仰脖又干了一杯酒,眼睛红了说:"这我能不知道吗?我在机关里混了这么多年,我能不知道跟领导关系密切的重要性?说实话,我是处处小心谨慎维护着局长啊!生怕哪里不注意让局长不满意的。别的不说,局长他爹死时,我他妈哭的比局长还悲痛呢,咱不就是想让局长知道咱对他真心真意的吗?可怎么样?提拔时还是没有我。"

能力水平不差,与局长关系处得也行,可就是不得提拔,我还真想不出老高因为什么不得提拔。望着老高醉红的脸,愤怒的神色,我知道不能再往下寻找不得提拔的原因了，再问下去只能加重老高的痛苦。我安慰老高说："不提拔就不提拔，有什么呀，无官一身轻，闹个自在。"

老高抬起头，血红着眼睛看着我："什么什么？无官一身轻？那是自欺欺人的说法，有官才一身轻呢！最苦最累的工作都是谁做的？都是像我这样的一般工作人员做的，我们局长、我们科长哪个不是动动嘴皮子把工作安排给我们就是工作的，你说，是无官一身轻还是有官一身轻？"

我忙说："当官的是不用去做最基层的工作，可是他们要比一般工作人员费心费脑累得多呀！"

老高一蹾酒杯说："累个屁。我们这些一般工作人员比他们更费心费脑。你不在机关里是没感受啊，如果你也在机关跟我一样，你就会整天寻思着怎么上个台阶闹个一官半职了，你说累不累？"

我望着老高，突然感觉很累。

老高醉眼蒙眬地说："我现在恨不得把我们局长杀了，让他不提拔我……"

我知道老高喝多了，老高一喝多就恨不提拔他的局长，恨得咬牙切齿如同有杀父之仇。我怕老高没完没了再说出什么更离谱的话来，毕竟人多耳杂，老高的话传到他们局长耳朵里，老高这辈子怕真就没有提拔的希望了。我忙招呼老板结账。

烧烤店的老板是个面色温和的中年人，在我和老高喝酒、老高愤愤言语时，站在不远处的他不时地看过来一眼，似乎每看过来一眼，还微笑一下。老板过来，看看我，又看看老高，然后对我们说道："二位，麻烦您把吃完肉串的竹签折一下，有劳了。"

什么？折竹签。我不解地望着面色平和、微笑望着我们的老板。已醉得有些糊涂的老高，似乎也被老板这句让人感觉离奇的话叫醒了，醉眼瞪着老板说："干什么？我们是吃肉串来了还是折竹签来了？"

老板依旧温和地笑着说："这是小店不成文的规矩，您吃完肉串，折了竹签，也便折断了我把已用过的竹签再次串上肉烧烤的念头，这样，可以保证后面来吃肉串的人用的还是新竹签，卫生。要知道，人在欲望面前

· 082 ·

是很脆弱的，每一根竹签对于我来说都是钱的，我下不去手折，只好请求客人帮我折。谢谢了！"

老高眼睛突然亮亮的，脸上的酒意好像突然消失了，站起身来，冲老板深深地鞠了一躬后，拿起桌子上的竹签，用力地折了起来。

你就是不能打我

那个小眼睛的工头向高峻走过来时，高峻不由得打了个冷战。高峻看到工头的小眼睛里射出了一丝冷酷的光芒。

工头来到高峻的面前，目光狠狠地盯着高峻的脸，问："谁允许你私自把沙子给人的？"

高峻不敢正视工头的眼睛，垂着头说："就两锹沙子。那老大爷垫鸟笼子用。"刚才一个老人来到工地，冲正在筛沙子的高峻要两锹沙子垫鸟笼。高峻知道城里养鸟的人都用沙子垫鸟笼子的。高峻当时想也没想，就给老人铲了两锹细沙。高峻的这一举动恰巧被远处的工头看到了，在老人谢过高峻走了后，工头过来了。

"我告诉你，一粒沙子都不行。"工头突然凶狠地冲高峻吼了一声。

高峻的脸腾地便红了，目光散乱而慌张地在他刚刚筛出来的高高的沙堆上滑动，低声说道："下回不了。"

"下回？那么这回呢？"工头显然是不依不饶了，在小民工高峻面前摆出了一副高高在上、盛气凌人的架势。

"这回……这回……"高峻有些不知怎么办好。

"这回让你先长个记性。"工头话音未落，只听啪的一声脆响，高峻的脸上已经结结实实地挨了工头一巴掌。工头的这巴掌太狠了，高峻也没有想到工头会因为两锹沙子打他，猝不及防，一下子摔倒了。

不远处的几个民工伙伴忙跑了过来，可他们跑到跟前，望了望打了高峻一巴掌后洋洋得意的工头，谁也没有去扶高峻一把。

高峻慢慢地从地上爬了起来，他的脸紫红了。高峻的目光迎向工头的目光，喘着粗气对工头说道："你扣我钱、不用我都行，你就是不能打我。"

工头一愣，随即笑了，目光在其他几个民工身上转了一圈后又落回高峻的脸上："我不扣你钱，也不撵你，我就打你，怎么的？不服。你问问他们，哪个我没打过？"

高峻脸色愤怒，一个字一个字地咬着牙说："那是他们，你就是不能打我。"

"我就打你了，你能怎么着？"工头歪头笑着。

啪的一声，工头的脸上也结结实实地挨了一巴掌，挨了高峻的一巴掌。工头后退了好几步还是没站住，摔倒了。他做梦也想不到高峻敢还他一巴掌。

"妈的，反了。"工头从地上跳起来，暴叫着。突然一指高峻身旁的那几个民工吼道："你们给我揍他。"工头显然知道自己打不过高峻。

几个民工愣了一下，后退一步，慌乱地看着工头。

"妈的，你们不揍他，我把你们都开走。"工头怒吼道。

几个民工目光犹豫地望向高峻。

"还不给我揍。谁动手我奖谁二百块钱。"工头叫嚷着从兜里掏出了一沓钱，冲民工们抖动着。

片刻的沉默，连空气似乎都死去了般的片刻沉默后，几个民工突然争抢着扑向了高峻。

一瘸一拐的高峻收拾了自己的行囊，他已经不能也不会在这个工地上干下去了。虽然工头并没有说让他走人。

那几个打他的民工看着他收拾了行囊，苦着粗糙黑瘦的脸围上来说："我们也没有办法呀！"

高峻强忍着的泪呼地就流了出来。他抬头看他们，他的泪眼望向谁，谁就连忙低下了头。

"要不，你打我们一顿吧！"几个民工愧疚地说道。

高峻猛地擦了把眼泪，起身一瘸一拐地往出走。高峻说："我打你们干什么，我不打你们，我告你们。"

高峻昂头远去的身影后，几个民工目瞪口呆。

谁言寸草心

　　老张退休了。老张是从人民教师的岗位上退休的。老张感到很光荣。

　　老张退休回家那天，对也是人民教师的儿子小张说："做一名人民教师是无上光荣的，你能子承父业，也是咱家的光荣。好好干，别愧对了人民教师这几个字。"

　　小张点了一下头，有些不情愿，但又不得不点头。小张不想做教师，但老张要小张做教师，小张不想惹老张不高兴，就做了一名教师。看着不情愿的小张，老张心里隐隐地不安和担心。可过了一段时日，人民教师小张便一扫脸上的不情愿，高高兴兴地做起教师来，脸上总是挂着做一名人民教师的满足。老张见了，便很是欣慰和高兴了。

　　这天是星期天，小张打电话找老张，让老张去帮他看护一下辅导班，他有急事要去办。小张办辅导班的事老张知道，老张是不主张教师办辅导班的，看着各类辅导班如雨后春笋般地茁壮生长起来，老张很担忧。老张跟小张说不要办辅导班，不要向钱看，要做一名不为铜臭所染的人民教师。小张告诉老张，他办班不是向钱看，他是不想自己带的班比别的班成绩差，他办班的目的就是给班里学习不好的学生吃吃小灶，提高他们的学习成绩，好提升全班的总成绩。老张很感动，为小张能够如此上进而心有所慰。

　　老张来到小张的辅导班，一进屋，黑压压的一群学生吓了老张一跳，有些眼花头晕的。镇定了一下，老张问急急要走的小张："怎么这么多学生，你的班学生学习不好的这么多？"

小张一愣，一笑说："你别管那么多了。作业我布置完了，你看着他们别打闹就行了。"说完，撇下老张急急离去。

老张走到前面坐下来，望着下面黑压压的学生，心里一阵阵发堵发暗。一个学生举手，老张走过去，学生指着一道题问老张怎么做。老张看完题，老张很生气，老张生气地说学生："一看你就是上课没听讲，如果认真听课，这道题很容易做出来的。"

学生望着老张，委屈不服地说："我上课从来不溜号的。"

老张说："不溜号？那这道题怎么做不上呢？这是基本知识呀！"

几个学生凑过来，对老张说："我们也不会，老师在课堂上没讲。"

老张就怔住了，心里虚虚的，环顾了一下黑压压的学生，气短地问道："小张老师收你们多少钱？你们班多少学生在这儿"

学生们望着老张，不说话，脸上都有些害怕的神色。老张见了，就心里咯噔一声。老张没想到，社会上传言的老师上课不讲课，留在辅导班来讲，逼迫学生拿钱上辅导班的事情竟然在自己儿子小张的身上印证了。老张抚了抚胸口，用力说道："放学吧！"

学生们惊诧地望着老张。

老张一声低吼："放学！"

小张回来，小张愣住了。教室里只有老张一个人脸色阴沉地坐在那里，学生们都不见了。小张跑过来，急问老张："学生呢？"

老张轻蔑地望一眼小张，说："我让他们回去了。"

小张看看老张的脸色，心里有些明白了，小声对老张说："现在许多人都这么做的。"

老张冷冷地望着小张说："你不行。"

小张委屈地说："我怎么不行呢？"

老张说："因为你是我儿子，我管不了别人还能管着你的。我要让我的儿子无愧于人民教师这个称号。"老张拍了拍胸口。"辅导班不要办了，要把知识在课堂上传授给学生，而不是让学生们花钱来买。"老张站起身来说。

小张不服地说："这都什么时代了，付出便要有所得，我又没偷又没抢的。"

老张望着小张的眼睛，一字字地说道："这比偷比抢更让人痛恶。一名教师，付出所得到的是不能用金钱来计算的，是要用你的学生成材多少来计算的。"

小张不屑地说道："谁现在还讲这些。我的辅导班不能停。"

老张望着小张冷笑一声说："不停？你试试。"说完，抬脚走了。

小张的辅导班没有停。老张知道了，什么也没说，走进了教育局。

小张气恼恼地来找老张，恨恨地对老张说："你还是不是我父亲？你去教育局告我，让教育局把我的教师资格拿掉，你能得到什么？虎毒不食子呢，你为什么要害我？"

老张眼里泪花闪闪，但语气坚决地说道："我不能让一个不合格的教师害了他的学生……"

抹灰工老张

湖北人老张,抹灰手艺十分好,因为有此手艺,老张离开了家乡,加入到了外出打工的农民工队伍。老张原被呼作抹灰匠,或泥瓦匠,因为成了民工,便被叫做抹灰工了。抹灰工在老张听来,怎么听也没有抹灰匠和泥瓦匠听着顺耳,虽然工匠本身就是一家。走在外出务工的民工队伍中,听着抹灰工的呼叫声,心里总觉得低人一等。

哈尔滨那边一个老乡传来消息说,抹灰工每日工钱一百块了,速来。这消息着实令人振奋,老张便和一伙抹灰工迅速北上,直奔冰城哈尔滨。到了哈尔滨,找到老乡,老乡不是抹灰工,是个小工头,把他们领到一个正在建设的体育场馆,挥手一指偌大的场馆说:"半个月完工,每天一百块。"老张和其他抹灰工的脸色就有些白,颤颤地说:"工钱倒是不低,只是时间怕不够。"老乡工头笑笑说:"那好,工钱往下减,加人。"老张他们立刻掏出背着的家什,急急扑进场馆。

收工吃饭时,老张他们已是腰酸手痛,但一想每天一百块的工钱,似乎酸痛减轻了不少。老乡工头把老张他们领到简易的饭堂,饭端上来,一海盆面条。老张他们便有些呆,望着面条怔怔的。老乡工头望望他们,有些不高兴地说:"发什么怔?不饿呀?这不是咱们老家湖北,这是东北,米饭等回老家再吃吧!"

老张他们便缓缓地拿起碗筷,慢慢挑了面条,散开去,慢慢地吃起来，脸色都是极难下咽的。

一连几天，不是面条就是馒头。老张他们受不住了，要知道，在老家早中晚一天三餐他们都是要吃米饭的呀。老张他们便去找老乡工头，老乡工头并不和他们在一起吃饭的。找到老乡工头时，老乡工头正在小饭馆里喝酒，桌子上有菜，还有一大碗白白的米饭。老张他们看看米饭，咽了一口口水说："不吃米饭，没力气的，这活儿都干不动了。"

老乡工头望望老张他们，叹了一声说："吃什么不是我说了算，是大工头安排的。"目光一扫桌面又说："瞧我这挺滋润的是不？这是我自己掏腰包的，你们想滋润，也自个儿掏腰包吧！"

老张他们就后退了一步，下意识地按了下腰包。这饭菜他们不是吃不起，是不能吃，吃了，心里就觉得对不住家里翘首盼望的老婆孩子，哪里还能滋润啊！老张说："那您跟大工头说说，给我们吃米饭吧！"其他抹灰工也忙附和。

老乡工头摇摇头，苦笑说："没用，你们这么多人，吃米饭就超预算了！"

老张望望其他抹灰工说："那咱们还是别干了，回去收拾家什走吧！"说着就往出走。

老乡工头冷笑一声说："这工钱可不是哪儿都有的。"跟着往出走的抹灰工们就站住了。老张也站住了，望望抹灰工们，叹了一口气。

工期短，活儿多，想吃米饭又吃不到，肚子里有怨气的抹灰工们便玩起了心眼，铺地砖时，也不严格按工艺来，许多地砖铺上去，表面看不出什么，其实下面许多地方是空的。老张见了，便说："不要这样搞，这样不好。"

抹灰工们说："什么好不好的，钱拿到手咱们就走人了，这又看不出来的。"

老张说："不铺实，要踩裂的，说不准还有外国人来这体育场比赛的呢！"

抹灰工们便笑起来，对老张说："还挺注意国际影响的呢！什么外国人中国人的，咱就认钱的。"

老张嘴动动，没说什么。

第二天老乡工头来了，面色沉沉的，手里拎着一截钢筋。抹灰工们见了，心里便慌了。老乡工头过来，把手里的钢筋一挥说："还用我检验吗？"

抹灰工们低低地说道："不用，不用。"忙去把铺得不实的地砖起下来，重铺。

老乡工头哼了一声，转身走了。

老乡工头一走，抹灰工们便骂骂咧咧地说："谁他妈的告状去了？他一个外行，怎么懂得用钢筋来滚地砖检验的？"

傍晚，老乡工头把老张单独叫到了小饭馆。老乡工头感激不尽地对老张说道："谢谢你，老张，要不是你告诉我，我的损失可就大了，这日后地砖坏了，我还能弄到工程吗！老张，我多给你加工钱的。"

老张望着桌子上的酒菜和两大碗米饭，深深地咽了一口唾沫说："不用给我加工钱的，还是给我们吃米饭吧……"

平 头

二十岁那年，他特想留一个平头。

于是，他走进了一家理发店。理发师是一个与他年龄相仿的女孩，眉眼长得很好看。他进屋后，女孩就微笑着望着他，他突然有些怦然心动。

女孩说："理发？"

他说："理发。"

女孩说："理个什么样式的？"

他说："平头。"

女孩指了一下椅子，他坐下了。女孩一手拿着推子一手拿着木梳过来，木梳在他的头上梳了两下后，女孩停下手，望着镜子里的他说："你别剃平头了，会显得老。"

他就看镜子里的自己，看见额头上显露出的几道皱纹，很深的皱纹。他忽地脸就红了，好像自己也是第一次看到额头上的皱纹。这让他很恐慌，尤其还面对一个与自己年龄相近的女孩，女孩还替他发现了他额头上的皱纹。他就坐在那里尴尬得说不出话来。

女孩说："我给你理一个偏分吧！前边留长一点，就遮住了。"他忙点点头。

理完发后，他看看镜子里的自己，额头上的皱纹完全被头发盖住了，瞧上去自己好像比实际年龄要小，他笑了，对女孩说："谢谢。"

女孩望着他的头发说："想理发就来吧，保证把你理年轻了。"

后来，他就常常来女孩的理发店理发。

再后来，他不理发也常常到女孩的理发店来坐坐。

两年后，他跟女孩结了婚。他这时也在机关里上了班。

结婚后，有一段日子里，他又特别想理一个平头。他就对他的妻子、原先的女孩说："你给我理一个平头吧。反正我也有媳妇了。"他望着妻子笑。妻子也笑，对他说："你上班注意看一下，机关里有额头上长皱纹留平头的吗？"他就狐疑地望着妻子。再上班时，他就很注意地观察了一下，真的没有额头上长皱纹留平头的，留平头的人额头都很平滑、光洁。他就不敢再有留平头的想法了，而是让妻子把自己的额头盖得严严实实的。

过了些年，他做了一个不大不小的官。他觉得应该在下属面前表现得严肃一些，老成一些，他就又想理一个平头，也让额头和额头上的皱纹见见天日。这个想法他还没来得及跟妻子说呢，上级就有了提倡领导年轻化的说法，他撩起头发对着镜子看看自己额头上越来越深的皱纹，感到很害怕，慌忙地盖上了，留平头的心念早跑得无影无踪了。

又过了些年，他开始秃顶，额头上的皱纹就有些隐藏不住了。他很着急，妻子就把他两边的头发留起来，往中间的地方上盖，遮住了一多半，不显得那么太难看，也不显得太老。

这样又过了几年后，两边的头发也变得稀疏了，就有些遮不住了。他就让妻子给他织了一个假发套，戴上后，他看镜子里的自己，额头是遮住了，但觉得很陌生，是自己又不是自己的感觉，不舒服。

后来，他退休了，就把假发套摘了下来，一手摩挲着已没有几根头发的头，一手扯着孙子，在街上悠然地走。看见理平头的，他心里就一紧，不由得想起自己曾经想理一个平头的，可从二十岁有这个愿望到现在，几十年过去了，他也没能理过一回平头。他往往就盯着人家的平头走了神，目光紧紧盯着人家的头不放，弄得被看的人直摸脑袋，心里毛毛的。

谁看见了小偷

老张的钱包被偷了。

老张是在客车上被偷了钱包的。老张上客车时，还摸出钱包买了票的，所以老张十分肯定自己的钱包就是在车上被偷的。老张知道，小偷现在一定还在车上，因为客车驶出车站后，还没有人下车。

被小偷摸去钱包的老张非常冷静，老张是个警察。警察被小偷摸去了钱包，丢人哪！老张心里恼火，但老张不动声色。老张慢慢地走到司机跟前，凑近司机耳边低语了几句，司机点点头，车便悄悄地加了速。

客车停下来，乘客们发现车停在了派出所的院子里。乘客们有些恐慌，乘客中除了小偷外，都是安分守己的人，安分守己的人被莫名其妙地带进派出所也恐慌。

老张这时站起来说："我是警察。车上有小偷，大家检查一下自己的钱包。"乘客们立刻慌乱起来，纷纷翻看自己的钱包。

老张问："有没有钱包丢了的？"没人吱声。没人吱声就是没有，出行的人把钱包都看得很紧很重，钱包丢了不会装聋作哑。老张又追问了一句："真的没有？"

这回有了稀稀拉拉地回答声："没有，没有。"乘客们似乎都松了一口气。一乘客问老张："钱包都没丢，怎么说车上有小偷呢？把车开到这儿来，这不耽误我们赶路吗！"许多乘客附和起来。

老张脸红了，有些热。老张咬咬牙说："我的钱包被偷了。"

乘客们便发出轻微的一声叫，目光都扑在老张的脸上。

老张就感觉脸烫烫的。老张说："小偷就在咱们车上，不找出来，再开车，保不准谁的钱包还会被偷的。"

乘客们的目光和相靠的身体突然便都闪开了。

老张说："为了大家的安全，也为了您的财产不受损失，必须得把小偷找出来，请大家配合一下。"

车门打开，派出所的民警上来，开始逐人检查。车上所有乘客都检查了，但没有发现老张的钱包。乘客们脸色紧张地望着老张。

老张突然笑了，老张说："钱包已经不在小偷身上了，在地上呢。"

乘客们便纷纷低头，真就有人惊叫起来："这儿有个钱包。"

老张过去把钱包捡起来，正是自己丢失的钱包。老张把钱包举起来说："钱包是小偷扔在地上的，一定有人看见谁扔的，谁看见了就把他指出来，为了他人的安全，也为了您自身的安全。好吗？"

车里一片寂静，沉重地喘息声开始在车厢里流淌。没有人说话。老张摇了一下头，叹了一口气说："不会没有人看见，一定有人看见的，是看见了不敢说。"老张想了想说："那就一个一个来说。"

乘客一个一个地被老张叫到屋里谈话。老张跟所有的乘客谈了话后却没有结果，谁都说没看见扔钱包的人。也就是说谁也没看见小偷。老张很恼火，找不出小偷，老张就不能把乘客们放走。

老张把乘客们留下不放，乘客们一开始不说什么，时间长了，就有了怨言。乘客中的老李说话了，老李说："我们应该派个代表去和警察谈谈，不能一直把咱们留在这儿吧。"乘客们便说："对，对。就是啊，找不出谁是小偷不能把咱们都当小偷留下不放吧。"可是谁去谈呢？大家的目光便都落在了老李的身上，大家说："您就代表我们去找找警察吧，您老岁数大，比我们说话受尊敬。"

老李不想做代表去谈的，但大家都推举他，又是他提出来的，没办法，只好下车去找老张谈。老李见了老张说："你不能把我们一直留在这儿吧？"

老张看着老李说："你怎么也不指出谁是小偷呢？"

老李说："我是真没看见谁是小偷的。"

老张说："你要这样说，还是不能放你们走，小偷还没找出来呢。"

老李说："抓小偷是你们警察的事，车上除了小偷外，我们又不是小偷，你应该让我们走。"

老张说："抓小偷是我们警察的事，可你们也有义务协助警察抓小偷啊！现在最起码你们得指出谁是小偷吧，我就不信谁都没看见小偷摸了我钱包又扔在地上的。"

老李笑笑，老李说："我也不信，但不会有人说自己看到小偷的，更不会有人站出来指出谁是小偷的。"

老张望着老李痛心地说："人怎么都这样了呢！"

老李说："你说这话因为你是警察，如果你不是警察，跟我一样是个小百姓，你也不会站出来指出谁是小偷的。"

老张望着老李有些发怔。

老李说："如果我站出来说我看见了谁是小偷，我把他指出来，他会不会记恨我？会不会日后报复我？"

老张不说话。老张不敢说不会。

老李说："他要是记恨我、报复我，我就不可能仅仅损失钱财，生命都有可能受到伤害。可你们能一直保护我吗？不能！你们不可能把所有站出来指出小偷的人保护起来，对吧！所以，我们也就不能站出来指出谁是小偷。虽然，小偷他现在的确就在我们中间。"

老张有气无力地说："那现在怎么办？"

老李说："能怎么办，让我们走呗，我们谁都没看见小偷的。"

老张说："那不行，即使你们谁都没看见，但小偷确实在你们之中啊，我的钱包就是被小偷摸了又丢在地上的啊！"

老李的目光就落在了老张放在桌子上的钱包，老李望着钱包笑着对老张说："你的钱包不是在这儿呢吗！你好好想想，不一定是小偷偷的吧，是不是你自己不小心掉在了地上啊！"

老张望着老李，目瞪口呆。老张无比沮丧地对老李说："你们真的让我这个警察寒心呢！好吧，我放你们走。"老张起身往出走。

老李一把扯住老张说："出去你可千万别跟乘客们说咱俩熟识，是邻居啊！小偷可还在乘客们中间呢！"

我是这样成为考古学家的

古墓完全被打开后,我看到了考古学家们失望的表情,他们的脸上写满了"大失所望"四个字。古墓被盗墓贼破坏得太严重了,从破坏的程度和随葬品一无所有的情形看,绝不是被盗过一回两回,可以说,这是一次失败的考古挖掘,除了能证明这是一个两千多年前的古墓,被埋葬的是一个王者的女人外,再也找不出任何有价值的东西了。站在墓坑里的考古学家们,面对着只剩下点散乱尸骨的古墓,面色一片灰暗。

我只是一个被考古队雇佣的打工者。古墓是在我们村子边发现的,我正好没考上大学待业在家,前途一片黑暗和迷茫,整日无所事事,考古队要雇佣一个杂工,我便来了。考古真是一件很枯燥的事情,不过,他们专家学者的头衔还是让我羡慕的,我都梦想着能成为他们那样的专家学者了,如果能成为专家学者,我一个月也能挣好几千元的,而不是像现在这样给他们打工,每天才挣十元钱。我真是过于天真了,给考古学家们打工就能成为考古学家,真是太可笑了啊!

考古学家们简单地收拾了一下古墓,就要撤离了。他们一走,我一天连十元钱也挣不到了,我真是憎恨那些盗墓贼,他们怎么能这么做呢!穷死不挖坟哪!看来盗墓贼信奉的一定不是这句话,而是这句话后面的那句:挖坟出富人啊!我只有蹲在墓坑里,看着收拾东西要离去的考古学家们不住哀叹。在第三声哀叹后,我突然发现在尸骨的位置处有一小坨像黄土一样黄中带点黑的东西，但它绝不是黄土，出于好奇，我伸手把它抠了下来，这东西不硬也不软，看不出它是什么东西，便把它举到那位领头的考古学家眼前问他这是什么东西？考古学家看了一眼说："不知道，没用的。"我突然想到了这个东西可能是什么，便犹犹豫豫、小心翼翼地对考古学家说："像不像一块屎？"考古学家就又望了一眼说："噢，还真是屎。扔了吧，多脏。"考古学家皱着眉头，扭头离开了。

望着对这块屎不屑一顾扭头而去的考古学家，我有些失望。我突然觉得这块屎只要好好研究它，也许能成为发光的金子呢。我把这块屎揣进了兜里。

考古结束了，一无所获。我的研究却开始了，我研究的就是从古墓坑里发现的那块屎。我不知道为什么要研究这块屎，研究屎是很恶心的，但我却完全痴迷研究上这块屎了，我似乎感觉到这块屎是极其珍贵的一件宝贝。

在那个考古学家承认这是块屎的基础上，我又找到了一家能确定屎身份的权威机构，得到了这确确实实是块屎的权威结论，然后立刻撰写和发表了一篇《古墓惊现屎》的文章。在文章中，我着重提出了屎为什么会出现在古墓里呢？是盗墓贼所为还是考古人员所为？文章一发表，立刻引起了轰动，从打有考古以来，还从来没听说过在古墓里发现屎的。发现金银珠宝不稀奇，发现了屎这可稀奇啊！人们都想知道这块屎是怎么出现在古墓里的。

我趁热打铁，立刻找权威机构来确定这块屎距今的年代。很快，这块屎距今的年代被确定，竟是与古墓年代一样久远，显然不是盗墓贼和考古人员所为。难道是埋葬古墓的人所为？但很快这个怀疑便被推翻了，要知道这是王者的女人墓啊，谁敢在墓坑里拉泡屎，而且还拉在王者女人的身体旁？那么，这块屎只能是一个人留在墓坑里的，那就是被埋在墓坑里的人。天啊！埋在墓坑里的人在墓坑里拉了泡屎，这已不是稀奇而是天下奇闻了！不仅是奇闻了，而且还有许多迷被拽出来，需要研究破解，这个被埋葬的人怎么能够在墓坑里拉了泡屎呢？难道这个人是在没死时就被埋葬了的？是活埋殉葬？还是假死？我的文章《古墓惊现屎之人未死被葬》立刻发表，文章一发表，已不再是读者关注和感兴趣了，也引起了众多专家学者的关注，不断地有专家学者打电话来，鼓励我好好研究这块屎。

有了专家学者们的鼓励，我信心大增，精力旺盛地进行到屎的研究之中。很快，我便又推出了《古墓惊现屎之活埋殉葬说》，在这篇文章中，我通过查找大量资料来进一步认证了两千年前的殉葬制度。在认证了殉葬制度后，随即又推出了《古墓惊现屎之假死说》，在这篇文章中，我提出了有关医学上的假死现象，并通过走访医学专家，来认证了假死在两千多年前就已存在但并不被人认知的事实。

我的这几篇研究文章一推出，立刻引起了社会各界的关注，已不仅仅是考古学家和对新闻趣事感兴趣的广大群众关注我的研究，尤其是两个《学说》一推出，立刻使研究制度的相关单位和医学界进入到了高度关注的行列。总之，越来越多的社会各界人士对我的研究高度重视和关注起来。自然，我跟那块屎一样，也是被高度重视和关注的对象了。

就在人们围绕着我的前几篇文章进行争论和不断提出不同见解时，我又推出了《古墓惊现屎之屎成分》，在这篇文章里，我详细诉说了研究出的屎的成分，从屎的成分推断出古人在那时以及埋葬前吃的是什么。这篇文章立刻激发了饮食界的高度关注，不断有文章就我的研究成果大谈饮食学问，从古人的饮食到今人的饮食区别、饮食营养、饮食健康等等。

我真没有想到这块屎能够和这么多的学问连在一起。就在人们围绕我研究的屎成分大谈饮食时，饮食部门向我发出了邀请，聘我做饮食学家，我真是欣喜若狂。正当我准备应聘时，考古部门站出来说，我的研究是考古研究，应该成为考古学家，而不是饮食学家。并及时地给我发来了考古学家应聘书。说实话，通过对这块屎的研究，我对考古已是心怀崇敬，考古真是博大精深啊！哪怕就这么一小块屎，也能带出来这么多的学问，我怎么能够不做一个考古学家呢！我立刻推掉了饮食学家的聘书，成了一名考古学家。

不过，我是唯一一个通过研究屎而成为考古学家的人。

一只鸟

老伴去世后,老人一个人很孤独,但他又不想再找个老伴,他知道自己已经老了,说不上哪天就去找老伴了。于是,老人就买了一只鸟儿来养。鸟儿买回来后,老人就不觉得那么孤独了,他每天都遛鸟儿,清洁鸟笼,给鸟儿添食喂水,或站在鸟笼前逗一逗鸟儿。那鸟儿十分灵慧,老人给它添食喂水时,它就亲昵地啄一啄老人的手。老人往笼前一站,它就啾啾婉转地唱个不停。老人十分高兴,就买最精细的食物给它吃,鸟儿就吃得很欢。

有一天老人出去了,鸟儿感到很无趣,想出笼子飞一飞。鸟儿望着笼门,想了想,跳过去用嘴叼住笼门往上一抬,笼门就开了,原来老人从不锁笼门的。笼门轻而易举地打开了,鸟儿很意外,也很惊喜,还有些后悔没有早些试一试。鸟儿就飞出笼子,在屋里飞来飞去,但它不飞出屋外去,不是它不向往屋外的蓝天白云、阳光雨露,它是害怕飞出去飞不回来,那样它就吃不到精细的食物了。它不想自己去寻找食物,自己寻找食物不仅很累,找到的食物也不如现在的食物好吃。鸟儿飞了一会儿,就自觉地飞回到笼子里,再把门关上。老人回来了,给它添食喂水,也没看出它曾飞出过鸟笼。鸟儿有些窃喜。

那以后,只要老人出去,鸟儿就打开笼门出来,在屋子里自由自在地飞翔,约莫老人快回来了,就飞回鸟笼。有两回它还在屋里飞,老人就回来了，它惶惶地飞回笼子，门都来不及关。老人看见笼门没关，又看看鸟儿，丝毫没有怀疑是鸟儿自己打开的笼门，而且出了笼子在屋里飞来飞去。老人以为是自己忘了把笼门关上，庆幸鸟儿没来得及发现笼门是开着的，没飞出笼子。

鸟儿在屋里总是飞得忘乎所以，有一天老人已经进屋了它才发现，它惊出了一身冷汗，想飞回笼子已是来不及了，就忙躲了起来。老人看见笼门开着，再一看鸟儿没在笼子里，以为鸟儿飞跑了，就满屋里找。鸟儿躲藏得很隐蔽，老人没找到，又跑出屋外去找。老人垂头丧气地回来，竟发现鸟儿在笼子里，老人不相信地揉揉眼睛，鸟儿确实在笼子里呢，笼门也好好地关着呢。老人先是惊喜，后一声接一声地长叹：老了，老了！

鸟儿以为老人会把笼门锁上了，鸟儿有些悲伤，以后再也不能在屋里自由自在地飞了。可是老人没有锁笼门，而是拎着笼子出了屋。老人把笼子放在阳光下，把笼门打开了，老人对鸟儿说：走吧，走吧！我老了，说不上哪天就忘了给你添食喂水，你会渴死饿死的。鸟儿不出笼，啾啾地望着老人叫。老人两眼泪光闪闪，伸手把鸟儿从笼子里抓出来，抚摸着它的羽毛说：我知道你舍不得离开我，可我不能让你饿死。老人一扬手，鸟儿飞到了树上，鸟儿在树上看着老人拎着空笼子摇摇晃晃地回屋了。

老人出了一趟门，三天后回来，在门口看见了放飞的那只鸟儿。那鸟儿已经死了，老人有些伤感，把鸟儿捡起来，鸟儿轻飘飘的，显然是饿死的。

老人怎么也想不明白，他已经把鸟儿放了，鸟儿怎么还会饿死呢？

包谷熟了

立春过后，天渐渐暖了。虽然春种越来越近了，可村子里春种的气息却淡得如同白水一般。地里长出来的东西已不那么金贵了，还侍弄个啥劲儿呢！村里的男人们说这话都愤愤地。说着说着，不少男人就打了行囊，把地和家都扔给女人，跑到城里打工去了。男人走时，女人忧愁着脸问男人，那地怎么种？男人大手一挥说，种包谷吧。种包谷你一个人也能侍候过来。女人脸上的忧愁就少了些。

山柱也要走。山柱女人是不想山柱走的。山柱要走不光是因为地里不出钱，山柱还想去城里淘一把金呢，更想去见见五光十色的城市。山柱走时也对女人说，把地都种上包谷吧，你一个人也就能忙活过来了。女人点头，可女人脸上的忧愁一点也没少，女人不怕自己吃苦受累，女人是怕男人在外吃苦受累。女人问山柱，几时能回来？山柱想了想说，包谷熟了我就回来。女人脸上就有了笑，说，等包谷熟了我就给你打电话。

山柱就打了行囊奔进了城市。

春天彻彻底底地就来了。大地在和煦的春风吹拂下，开始穿上了绿色衣装。山柱女人起早贪黑地把自家地里种上了包谷。山柱女人点包谷种的时候想，包谷种啊，你快点发芽吧！刚种完了包谷，山柱女人就接到了山柱的电话，山柱在电话里问女人，包谷熟了吗？女人的脸就红红的，热热的，心里甜甜的——男人想她呢！女人就嗔怪山柱说，刚刚种下，还没出苗呢。山柱在电话那边就羞涩地笑。

没过几天，女人又接到了山柱的电话，山柱在电话里问女人，包谷熟了吗？女人心里甜甜的，更热热的，女人说，刚刚发芽还没出土呢！女人犹豫了一下说，要不，露苗你就回来吧！山柱在那边也犹豫了一下，说，不了，别人都是等包谷熟了才回的，我现在回去要被人笑的。女人说，那就等包谷熟了再回吧！包谷熟了我就给你打电话。

两场细细的春雨洒进了田地后，包谷就露出了稚嫩的细小的身躯。山柱又打电话回来了，女人在电话里欣喜地告诉山柱说，已经露苗了，噌噌长呢！山柱在电话那边很高兴，对女人说，好好侍弄着，等包谷熟了你就给我打电话。女人说，知道了，熟了就给你打电话。

包谷苗长到筷子高的时候，山柱的电话又来了。山柱对女人说，我挣了点钱，等回去时给你扯两身花衣裳，城里女人穿着都可好看了呢。女人说，不要扯，我上哪儿穿去。女人心里甜甜的，感觉很幸福。女人想山柱接下来会问她包谷熟了吗？但山柱这回没问，也没问包谷长多高了。女人的心里就有了一丝失落。

包谷长到半人高的时候，山柱来了电话。山柱这回在电话只说了一句话，山柱说，这城里是真好啊！山柱没说给女人扯衣裳，也没问女人包谷熟了吗。女人忍不住了，说，包谷都长半人高了，快抽穗了。山柱淡淡地回应道，是吗？就撂了电话。女人的心里酸酸的，有一股想哭的感觉。

包谷抽穗了。夏日的雨水和炙热的阳光一次又一次地浇灌和抚摸了田地上的包谷后，秋日也就渐渐地近了，绿绿的包谷已渐渐地染上了丝丝金黄。山柱女人望着就要熟了的包谷，心里又苦又甜。山柱已经很久没有给女人打电话了，女人的心里有些急，女人想告诉山柱，包谷就要熟了。

仿佛一夜间，田地里一片金黄。金黄的包谷在清风的吹拂下发出沙沙的声音，像是在为山柱女人和她一样的女人们唱着赞歌。出外打工的男人们陆陆续续地回来了，包谷熟了。山柱没有回来。女人要给山柱打电话，要告诉山柱包谷熟了。女人才想起自己根本就不知道山柱的电话，每回都是山柱往家打电话的。女人想，包谷熟了，山柱不会不知道的，也许，山

· 105 ·

柱正在往回走呢。

可是，直到熟了的包谷都收完了，山柱也没回来。女人的心空落落的。

女人这天接到了山柱的电话，是别人替山柱打的电话。女人接了电话后，一点也没犹豫，就把刚刚收回来的金黄的包谷低价卖了，然后揣上卖包谷的钱来到了城里。女人在医院里见到折了一条腿的山柱。山柱不敢直视女人，山柱羞愧地对女人说，我对不住你，我不该碰城里的女人。

女人看着山柱的断腿，突然泪如雨下，呜咽着说道，包谷熟了，你干啥不回去？

山柱就流着泪问，包谷熟了吗？

女人狠劲儿点头不停地说，熟了，熟了，熟了，回吧！

锄禾日当午

早早吃了早饭，王林扛上锄头就要下地了。今年雨水勤，庄稼长势好，杂草也跟着疯长。还未出门，村长推开院门进来，村长望了眼王林肩上的锄头，村长说："你公路边上的那片地先不要锄了。"

王林看着村长问："为啥？"

村长哀叹一声说："乡长这两天要下村检查工作，还要亲自铲两条垄的，我想来想去，还是公路边上你的那片地合适，过路人都看得见乡长铲地的。"

王林轻哼一声说："乡长弄这景儿干啥！他不铲这两根垄谁能说啥！乡长毕竟不是庄稼人。"

村长说："乡长这是响应县里号召，提高农业意识，领导干部要深入田间地头的。我看这事就这么定了吧！"

王林说："行，我留两根垄给乡长。"

村长忙扯住就要往出走的王林说："不行。不是留两根垄给乡长的，是整片地都得留着的。"

王林立刻瞪圆了眼睛说："整片地都留着？这不是瞎闹呢吗！地里的草都快赶苗高了，我不赶紧着铲出来，过两天还铲得出来吗！乡长要铲地，我给他留两垄不就行了吗？"

村长扯住王林不放，说："乡长能一个人来吗？各部门都得跟人来，总不能乡长一个人铲地,各部门的人在地头上看着吧!"

王林一听脸都白了,紧张地说道:"这些人来铲我的地,我的地还要不要了?哪个是会铲地的人啊!"

村长把住王林的肩膀说:"你不用担心,他们能铲多少?铲不了多大会儿就该腰酸背痛的了,等他们一走,我找几个像你一样的好庄稼把势,有半天的工夫你那片地也就铲完了。这样可以了吧?"

王林望望村长,村长把话说到这份儿上,王林不能不给村长面子的。王林放下了肩上的锄头。

过了两天,乡长还没有来,看地里已是草苗齐顶了,王林焦急地来找村长。村长也焦急,说:"我这天天往乡里打电话,乡长这两天实在忙得脱不开身来的,再等个一两天,一两天乡长就来了。"

王林急得火上房,但也只好耐心地等着,两眼望穿地盼着乡长快点来。

又心急火燎地等了两天,乡长还没来,地里的草已经封垄了,都看不见苗了。王林跑来找村长,王林急得直跺脚地冲村长喊道:"乡长到底来不来了?草都快把苗欺死了,再不铲地就不用要了。"

村长急得也跺脚,抄起电话已是一天第三次地往乡里打电话,乡长秘书接的电话,一听是村长电话,乡长秘书不高兴地训村长说:"你一天想打多少遍电话?不是告诉你了吗?乡长现在没时间,这一两天有时间就过去。"村长刚要说话,乡长秘书已啪地挂了电话。

王林突然怒吼一声:"我不能等了!"

村长把手里的电话啪地摔在了桌子上,冲王林喊道:"我想等啊!可不等能行吗?乡长管着咱呢!"

王林血红着眼睛喊道:"可那是我的地,我辛辛苦苦种出来的,我不能看着它毁了啊!"

村长口气缓下来,说道:"发火闷气都没用,要怨就怨你的地在公路边上。你也别大喊大叫了,来年我把村里的机动地包给你几亩,补补你今年的损失。"

王林眼里蓄满了泪水，望着村长说道："村长，我心疼啊！"

　　铲地时节过了，乡长也没有来。村长在确认乡长不来铲地后，急忙忙地来找王林。王林家没人，村长就忙奔王林家公路边的田地。在王林家的地头上，村长没见到王林，村长问坐在地头上悲戚的王林媳妇王林去哪儿了，王林媳妇抹着泪说："王林打工去了，王林他一见这片地，就心疼得不行。"

　　村长望着已是杂草纵横荒芜了的王林家的田地，感到心里丝丝拉拉地疼。

　　秋日的一天，乡长下来检查秋收，乡长看到公路边上有一片荒芜的田地，地里一人来高的杂草在微风中摇摆出一片枯黄、一片悲凉。乡长有些心痛，不高兴地说："这么好的一片地，怎么说扔就扔了呢？"

　　跟在乡长身后的村长犹豫了一下，说道："出外打工去了。"

　　乡长立刻面容严肃地说道："锄禾日当午，种地是辛苦，出外打工难道就不比种地辛苦吗？看来，农民外出打工把地撂荒的问题也该提上工作日程了。"

干啥吃咱一顿饭

腊月二十九，一大早，村长就来敲山贵家的门。村长的手很有劲儿，把山贵家的破门敲得咣咣响，差点没敲掉下来。山贵和婆娘还没起炕呢，其实人早醒了，赖在被窝里不想起来。屋子里跟冰窖似的，也只有被窝里有丝热乎气。村长在门外喊山贵，山贵和婆娘忙起来，开门让村长进屋。村长不进，往屋里瞅了一眼，说，抓紧把屋收拾干净了，明儿个大年三十，乡长要来你家吃顿饭。山贵和婆娘就慌，脸都白了，婆娘颤着声问村长，乡长干啥吃咱一顿饭？

村长不高兴地说，干啥？你说干啥？我倒想让乡长到我家吃，可乡长不干，乡长说你家最穷就到你家吃。

婆娘更加慌乱了，哭腔说，这可咋好？咱这穷家也没啥吃的呀！乡长来了可吃啥？

村长一摆手，别啥啥的了，一会儿山贵去趟村部，取些吃的回来。

婆娘说，那哪儿好哇！村长说，不好，你弄啥给乡长吃。把东西取回来放稳妥了，别让猫狗叼了去，乡长明儿个中午来吃的。山贵和婆娘忙不住点头。

村长走了。山贵忙去抓扫帚扫院子，婆娘喊住山贵说，别扫了，抓紧去村部取东西吧！山贵就扔了扫帚往出走，婆娘在后面喊，记得要些油来。山贵就去了，不一会儿回来，手中提了条鼓鼓的编织袋子。山贵一脸喜气地对婆娘说，有鸡有鱼还有肉呢，都是好东西呀！婆娘也笑了，望着编织袋子说，没想到哟，借乡长的福气咱也能吃一顿像样的年饭呢！婆娘眼圈慢慢红了，山贵眼圈也红了，愧疚地望着婆娘说，等咱日后日子好了，咱天天吃这些，天天过年。

　　大年三十。山贵和婆娘早早起来，把院里院外、屋里屋外又细细打扫了一遍。打扫完，婆娘就开始在灶堂上忙活，忙活了整整一上午，饭菜弄个差不离儿时，村长来了。村长手里提着两瓶一看就知道很名贵的酒。进屋，村长把酒放下对山贵说，一会儿吃饭时，你要给乡长敬杯酒。

　　山贵慌慌地说，咱不会说个啥……村长一瞪眼，说啥？说感谢乡长和政府还惦记着你这穷鬼。

　　外面就有了汽车声。村长忙起身，往出走，山贵也忙慌慌地跟出去。乡长给山贵家带来了米面和年货，乡长跟山贵握手，握得山贵心里热乎乎的。进屋，看见桌子上摆满的酒菜，乡长的脸色阴沉了。乡长对山贵说，你的生活还不错嘛！山贵脸腾地红了，不住地看村长。村长就瞪一眼山贵，往后躲。乡长在桌旁坐下来，村长给山贵使了个眼色，山贵就忙倒酒来敬乡长。山贵端着酒杯的手哆哆嗦嗦的，脸涨得红红的，站起身对乡长说，感谢政府，感谢乡长，感谢乡长来咱家吃顿饭……村长咳嗽了一声，山贵忙住了口，把酒喝了。乡长也把酒喝了，站起身来说，你还有什么要求尽管说。山贵不吱声。乡长说，说吧。山贵嘴唇抖动了几下，山贵说，乡长，你啥时还来咱家吃饭呢？

　　乡长的眼睛一下子盈满了泪水。

婚 事

儿子推门进屋,气呼呼的脸色让在家焦急等待消息的老张心中一沉。老张连忙直起身,把向黑暗中沉去的心强拽回来,盯住儿子焦急地问道:"咋的,不成?"

儿子看一眼老张,气呼呼的脸孔像是皮球泄了气,咻咻地瘪成了一张饼子似的愁苦面容,哀叹一声说:"倒不是不成,要得太多,我不娶了。"儿子的气话有气无力的。

老张望了一眼站在身边同样紧张的老伴,舒舒地吐出了一口气,说:"成就中。你也老大不小了,不把媳妇娶下,我和你妈的心总是不安稳的。"老伴不住地点头,脸上的紧张渐渐滑落,浮上一层喜色说:"成就好,成就好,娶媳妇哪有不花钱的呢!女方怎么说的?"

儿子有些不忍地望望爹妈,犹犹豫豫地说道:"东西倒没要什么,只是礼钱要得太……多了。"

老张看看老伴,老伴看看老张,俩人都感觉到了对方强烈的心跳。老张稳了一下心跳,问儿子:"要多少?"

儿子看看老张,蚊子似的小声说道:"四万。"

老张和老伴就倒吸了一口冷气,要知道,四万块钱可是老张和老伴种十年田的总收入啊!老伴哆嗦着嘴说:"是……是不少。"

儿子说:"我就说多,可她说她们村刚出嫁的一个姑娘礼钱三万八的，她怎么着也得比那个姑娘多一点吧！要不然她父母在村里没面子，她也要被村里人笑话的。"

老张不吱声，手颤抖着卷了一支旱烟吸上。老伴看着吸烟的老张，小声说道："咱就有两万五的呀！差许多呢。"

老张狠狠地吸了几口烟，把烟屁股扔在地上，用力一踩说："中，四万就四万。"

儿子脸色有些红，又说："除了礼钱，还有房子，倒没说要新的。"

老张早有准备地说道："我和你妈早商量好了，把房子让给你们，我们俩住仓房的。"儿子眼圈一红，忍不住酸酸地叫了一声："爹……妈……"

老张连忙摆摆手说："快去吧，给人家回个信儿，礼钱这两天就过去，喜事这秋就办了吧。"

儿子脸上就满是喜色，转身快步走了出去。

老伴忧愁地望着老张说道："把房子给他们，咱们住仓房可以，可还差一万五礼钱呢，咱拿什么当啊？"

老张叹声气说："哪有东西当啊！借吧。你回娘家去借，我去亲戚家借，总不能让儿子的婚事黄了吧！"

转眼秋天就到了。儿子婚事办得很热闹。儿媳妇进门时，一脸笑容地冲老张夫妇叫了声爹妈。老张乐得合不拢嘴，老伴乐得眼泪都出来了。

秋天的夜晚，除了飘游着一股浓浓的成熟的味道，还有着秋风的冷瑟。新房内，儿子小张拥着新婚的媳妇躺在热乎乎的炕上，一脸幸福地望着一脸红晕的媳妇说："高兴吧，你可是咱这地方身价最高的了。"

媳妇嗔怪地轻轻拧了一下小张说："得了便宜还卖乖，这钱还不都是咱们的，有房子有地，还有一大笔存款，你不美啊！"

小张美得一把抱住了媳妇。

仓房里，老张和老伴一人围着一个被卷，像虾米似的蜷缩着。尽管把身体蜷缩得快成一个蛋蛋了，但冰冷还是不断地侵蚀着他们的身体，他们都听得到对方嘴里牙齿打架的声音。尽管很冷，老张和老伴的心里还是喜悦的，老张舒心地吐了一口冷气，高兴地对老伴说："儿子娶媳妇了，咱可算松了一口气。"

老伴在黑暗中微叹了口气，她不想打击老张的高兴，就装出很高兴的笑了两声。

高兴了一会儿，老张用力裹了裹被卷说："睡吧！明天还得去翻地的。咱们再加把劲儿干几年，把借的债还清了，咱好腾出身来哄孙子的。"

来一杯白水吧

村长来找旺正，旺正在兔舍里清扫呢。村长就扒着兔舍门对旺正说：你准备一下，新来的县长明天来咱乡检查工作，要看几个养殖专业户，乡长打来电话说，你这儿算一个。旺正听着，不答村长的话，也不看村长，脸越发阴沉了。村长看看旺正的黑脸，犹豫了一下，还是说道：乡长的意思，还是在咱这儿吃饭，弄两只兔子熏熏……旺正还是不言声，还是不看村长，手里干活儿的家什摔得嗒嗒响，是摔气呢！村长就叹一声：旺正，你甭气，气也没用，按理说前些回吃的兔子，村里是该给你钱的，可村里实在没钱。话又说回来，来人都是奔你这养兔专业户来的，你舍了兔子难受，村里不也得烟酒招待着，两亏呀！

旺正突然把手里的家什往地上一摔，没好气地说：吃，吃，吃没好了，都清静。

村长摇摇头：旺正，有气有火你撒我这村长身上，这回来的可是县长，咋的你得把面子给乡里撑下来。喏，这是龙井茶，县长来了沏壶这个喝，别喝你那胀肚黄。村长把手里一个鸭蛋大的纸包包递过来。旺正不接。村长就把纸包放下，说：拿好了，这点东西就好几十块呢！说完转身走了。

旺正就一声无奈的长叹。

县长来的时候，旺正还在清扫兔舍。村长在前面引路，一脸的笑。县长的身后是乡长，乡长也一脸的笑。到了兔舍门口，村长就喊旺正：县长看你来了。

　　旺正在兔舍里站着，却不过来，也不答话。村长很尴尬地笑笑，对县长说：屯里人，从没见过县长的，胆怵。县长就笑笑，推兔舍门要进去。村长忙拦住了，说：县长，别进，旺正在扫兔屎呢，一身的臭才不敢过来的。乡长也忙说：兔舍里脏，空气都一股尿骚味，就在外边看看吧！

　　县长不满地看一眼村长、乡长，说：你们怕脏怕味不好就不要进去了。县长推开门就进去了。村长、乡长也忙跟了进去。县长走到旺正跟前，从木怔怔的旺正手里拿过工具，蹲下身来扫兔舍。村长、乡长忙过来抢县长手中的工具，声音颤颤地说：我来，我来。县长瞪了他们一眼：抢什么，我扫扫兔舍能累死？村长、乡长就不抢了，看着县长扫，扎撒着两手不知如何是好。村长忙过来捅了一下旺正，村长的意思是让旺正把县长手里的工具抢过来。旺正没有抢，旺正又找了一套工具，走过去跟县长一块儿扫了起来。乡长就拿眼瞪村长，又不敢出声训斥，村长就低了头。清扫完了，村长、乡长抢着把兔屎倒了。

　　县长问旺正养兔的一些经验，旺正谈了，县长直说好。县长叫过村长、乡长说：对养殖专业户要扶持，要帮助解决困难，让他们先发展壮大起来，只有他们壮大了、富了，才能带动其他人走富裕路。我问你们，乡里有没有从这儿抓兔子吃？乡长脸红了，不说话。村长脸也红，忙说：没有，没有，绝对没有。不信问旺正。县长就笑着摇摇头：他是你的村民，在你的一亩三分地，你说没有他能说有？村长就缄了口。县长说：以后不要有了，还是多关心少勒卡吧！转头对旺正说道：以后乡里、村里要是来这儿要吃要喝，你就去找我，我给你做主。当然，他们花钱买是可以的，但是价钱能高不能低。你们说是不是？县长又把头转给村长、乡长。村长、乡长忙点头说：是，是。

　　旺正眼睛湿润了。

　　出兔舍洗了手，村长对旺正说：你沏壶茶水，让县长歇歇脚喝点水。旺正转身要走，县长喊住旺正：别沏茶了，来一杯白水吧，喝了就走。旺正愣了一下，跑进屋去，端了一杯白水出来。县长接了，一口喝了，喝完和旺正握手说：好好干，用心做，日子一定会像这杯水一样，一天更比一天甜。说完向外走去。村长悄悄扯了一下乡长：乡长，不吃饭了？乡长甩了一下袖子，说：还吃什么？以后也别吃了。

县长、乡长走了后，村长望了望旺正手中的空杯子，问旺正：县长咋说日子像这杯水一样越过越甜呢？一杯白水能有什么味道。旺正望着摇头往出走的村长，旺正把手中的杯子举起来对着自己张开的嘴巴控了控，一滴水落进了口中，旺正吧嗒了一下嘴：真甜。旺正对村长远去的背影说：你哪知道，这杯白水里我放了足足一大勺蜂蜜呢！

文化乡长李大为

李大为，副乡长，小学文化，却主管乡教育工作。李大为起步早，二十六岁就当上了副乡长，现在四十六岁，还是副乡长。李大为干了二十年副乡长，乡长换了七任，可就是没有换到他头上，后他提拔的副乡长都当上了乡长，可他还在原地踏步。原地踏步这么多年，也不见他闹一点情绪，终日面带微笑，走路虎虎生风，工作干劲十足。有人半真半假开他玩笑，说他是二十年如一日，这日子真难过。他就笑，说，不难过，日子怎么过不是过，知足常乐。好朋友劝他活泛些，送送礼请请客，争取再提一级，不能老这么窝着。他说，什么叫窝着？我一个大老粗，能干这，不错了。朋友热脸贴了个冷屁股，闹个好没趣。

乡里工作，农业最难，谁都不愿意同摆弄土坷垃的人打交道，头痛。别人推，李大为接，一干就是十好几年，整日里走村串户，田间地头，乡办公室里难得见一回人影儿。可农民工作做得好，该交粮交钱时，家家户户不打压，都争着抢着完成，这与别的乡镇截然不同。可李大为却得不到表扬，还挨批评，书记、乡长批评李大为。李大为跟农民讲农业政策，哪些钱该交哪些钱不该交，说得明白，农民明白乡里搭车收费就难，在农民手里抠不到钱，乡里日子就紧巴巴的，紧日子不好过，不批评你李大为批评谁。

教育工作也难抓，都是知识分子，难摆弄，乡干部在这群人面前说话都斟词酌句，怕说出什么不中听的话来让教师们笑话，影响了自己的形象。形象受损，难免影响前程。年初乡里工作分工，乡长没征求李大为意见，就把教育工作分给了李大为。事后乡长找李大为谈话，本是要看李大为面露苦色的，可李大为说，行，不难。我文化浅，他们文化不浅，好干。乡长闹个脸红心堵。李大为上任，在教育工作会议上做了一次讲话。每每会议，领导都要长篇大论，深怕讲得不透，李大为却只是寥寥几语，完了。那次讲话，教师们记忆犹新，李大为说，大家知道，我这个人没什么文化，也讲不出什么大道理，既然大道理讲不了，你们就不要跟我讲大道理，讲困难讲实事，我帮你们做，我做好了，你们也要尽力做好，谁敢不好好教人家孩子，我骂他祖宗。完了。这话把人都讲愣了，听着新鲜，可实实在在，后来就掌声响起，不绝于耳。后来李大为在会议上讲话，开口必言，我这个人没什么文化……久而久之，人们都称其无文化副乡长。念念拗口，干脆去掉了无和副，就喊成了文化乡长。教师们见到李大为都喊他文化乡长，李大为也痛痛快快地答应，看喊者的脸就知道，那喊是尊敬，绝无嘲笑之意。教师也都乐意找他办事，跟他说事，不用拐弯抹角，直说，他也真办，只要合情合理，下死气力办，还不怕得罪人。乡里拖欠教师两个月工资，迟迟不往下发，他就跑到财政所把所长骂个狗血喷头。财政所长被逼无奈说是乡长的问题，他转身就跑到了乡长办公室，擂了乡长的桌子，拖欠的工资当天就发了下去。教师高兴，乡长却是恨得牙都疼了，背后找书记研究，要年底换届时把他挪一挪，或者调走。

年底换届，选举乡长，要差额选举。谁当差，自然是李大为。李大为当了许多年的差，因为他文化低，不够争当乡长条件，拿他当差，自然乡长是一选一个准。选完了，李大为还当他的副乡长。可今年不同，书记、乡长研究了，等李大为当差差下来，副乡长也不让他干了，要报到县里，让县里把他挪走，或是乡里把他挪用。天底下哪有不透风的墙，消息传到李大为的耳朵，满乡已是妇孺皆知。李大为对来安慰他的人说，没什么，被差了这么多回，总该差到底了。

选举时就出了事，李大为这个差被选上了，乡长却被差了下去。代表们终于看清了，也想明白了，谁是不计个人得失真正为老百姓办实事办好事的人，老百姓的好日子应该让什么样的人来带领。书记、乡长的意图就被代表们一下子打乱了，书记当时就急了，在会上发了火，说李大为不能当乡长，条件不够。代表们就问，条件不够怎么能当候选人呢？书记知道是自己打了自己嘴巴子，可又不能说选举不算数，有选举法跟着呢，只好瞪眼不做声了。

　　李大为就被代表们拥上了主席台，做新当选乡长的就职演说。李大为望着台下代表们一张张热切的脸，激动得热泪盈眶，李大为说，我这个人没什么文化……只此一言，台下已是掌声如雷……

弟 兄

大太爷在跟东北军的团长对话时，乔家窝棚老老少少已经吃完了最后一粒粮食。几百口人由于长期的营养不良，已是瘦骨嶙峋，脸色灰土。可这时离春天还有一段日子呢，这时，是连一口嫩草都寻不到的时候啊！

红光满面的团长望着一脸灰土的大太爷，傲慢地说道："把你的队伍拉来，投靠我，总比你当胡子东跑西颠地强。"

大太爷就回望了一眼身后跟来的那个弟兄，说："我的弟兄们都自由散漫惯了，怕是受不住军队的约束哇！"

团长就说："哪里，你是大哥，只要你没说的，就没问题。你有什么要求也尽管提出来。"

大太爷咽了一口唾沫，说："好，我投靠你行，但我要十万斤粮食，而且现在就要。"

团长愣了一下，旋即问："你要那么多粮食干什么？你投靠了我，还能少你吃喝？"

大太爷一笑，说："胡子杀人掠货还有问为什么的吗？给了，我回去收整队伍，两天后一准儿来投靠。不给，你留我还是放我？"大太爷说话把手放在别在腰间的匣子枪上，目光直视团长。

团长面有难色，说："这……难办呀！十万斤可不是个小数目哇！"他的目光不住地闪动。那时上边有令，谁能收编有枪有马的胡子，谁就可升高官拿厚禄，又可以扩充自己的人马。

这时，大太爷身后的那个弟兄说道："这是我们大哥的规矩，哪笔买卖头个要收的都是粮食。"

团长就笑说："这规矩倒挺有意思。可你就要投靠我们东北军了，还用得着这规矩了吗？"

大太爷就脸色生铁般硬，说："不是还没投靠呢嘛！当一天胡子就守一天规矩。"

团长说："可你我这是……"

大太爷说："我跟任何人说话都没有白说过的，这也是我的规矩。两天后这些粮食不又回来了吗。"

团长心里就恶狠狠地骂了一句：死胡子，什么他妈的破规矩？嘴上说："丑话往前说，也知道你们这行人是说一不二的，但你拉了粮食……"摇了摇头。

站在大太爷身后的那个弟兄就往前迈了一步，说："我留下吧！"大太爷脸抽搐了一下，寻思了一会儿，勉强说："好吧！"

团长把这一切都看在了眼里，也看出了跟大太爷来的那弟兄不想回去了。团长心里就安稳了，即使大太爷反卦不来投靠，有他这个弟兄，还怕找不到大太爷？到那时，十万斤粮食我要拿回来不说，就势也灭了你。团长就起身说："好，我现在就调十万斤粮食给你，两天后，我迎接你的到来。"

两天后，大太爷没有来。这时团长和留下的那个弟兄已经喝成了一个人似的。大太爷叫人送来了一封信，信中说：多谢团长的粮食，那个弟兄就送给你了。

团长就脸如猪肝色。那弟兄忙一脸献媚地说："团长，您别生气，有我跑不了他的，不仅要把粮食夺回来，还要把他的枪马都拿来。"

团长精神一振，说马上就去，免得他们跑了，集合了队伍，出发了。在那弟兄的引领下，果真很容易就找到了大太爷和他的弟兄们。团长指挥士兵刚要开火，大太爷领着他的弟兄们转头就跑。团长领着军队在后紧追，追了十几里，双方就近了，瞅着能搭上话了，大太爷突然勒转马头，冲紧跟在团长身边的那个弟兄喊道："弟兄，你跟我一回，你不仁，我不能不义，我不叫你死，你就别再追了。"话音刚落，只听一声枪响，那弟兄就一个跟头折下马去。手中的枪也甩掉了，抱着小腿嗷嗷地叫，几个士兵过来一看，是腿打折了。

团长就惊出了一身冷汗。那弟兄呻吟着对团长说："团长，别追了，那胡子是个神枪手，指鼻子不打眼哪！"团长就脚底下跑凉气，不敢追了。转眼间，大太爷和他的人马就没了踪影。

后来，那弟兄跛着一条腿领着团长找遍了大太爷所有呆过的地方，可没见到一粒粮食，而大太爷跑时又没带粮食，团长咋也没想明白，直到他被以"剿匪不力，损失惨重"之名处死时，他如何也不会想到，一贯杀人掠货的胡子竟把从他手中骗抢的粮食送给了老百姓。

那以后，大太爷再也没有在这个地方露过面。跛腿的那个弟兄在春种时回到了乔家窝棚。

那弟兄回来，已是精神奕奕的，乔家窝棚人连看都不看他一眼。每当下雨阴天时，那弟兄就抚摸着他的那条残腿，自言自语地说："苦了你了，谁能想到你是我自己打断的呢！"

逼上梁山

道君皇帝命殿前太尉宿元景去梁山泊招抚宋江等人，因两次招安失败，宿元景不太情愿去，但想想为了国家大计，除了自己还能有谁去招抚得了呢。宿元景就对道君皇帝说：去招安，我自己去就行了，不要再派人随着去了。高俅还想派人跟着，也知道宿元景的话是针对他和蔡太师说的，可没等他开口，道君皇帝已经同意了宿元景的请求，只好作罢。

梁山泊众人在宋江的一力主张下，终于受了朝廷招安。

离开梁山泊的最后一夜，梁山泊上通宵达旦，忠义堂上的酒宴整夜进行着。酒宴上的气氛不热烈，倒十分沉闷，只有少数人面有笑容。最高兴的自然是宋江了，已喝得红光满面，醉眼蒙眬，一桌桌地转着给弟兄们敬酒，林冲喝了宋江敬的一碗酒后，拎着一坛酒默默地离座回到了自己的房间。忠义堂里的酒令、碰杯及喧哗声一阵阵传来，让林冲烦躁不安。突然，一阵箫声传来，细听，箫声悠扬之中竟有丝丝哀怨，少男子阳刚豪迈之气，多女子忧愁之柔，这一定是浪子燕青想起李师师了。林冲不禁想起了自己的娘子，娘子的花容月貌、温柔恩爱一股脑儿地涌上林冲的心头，想到那时与娘子的恩爱，已是秋风昨去，黄花满地，林冲心如刀割地痛了一下，猛地喝了一碗酒。

武松进来，端着一碗酒。林冲站起身，没说什么，与武松碰了一下，酒干了，武松脸上已是一片泪水。林冲知道武松的泪为何而流，当初英雄排完座次后，宋江乘酒兴作了《满江红》一词叫乐和唱，当乐和唱到"望天王降诏、早招安"时，武松是第一个跳出来反对的，可最终还是招安了，武松的心情可想而知。武松转身走了，一句话也没说，步履踉踉跄跄，像一个暮年的老人。林冲望着武松的背影，心中一片灰暗。箫声悠悠，还有些呜呜咽咽。

鲁智深来了，眼睛红红的，嘴里酒气熏天。林冲知道鲁智深在大厅里找不到他，一定会来房间找他的。这不仅仅是他俩的关系非同一般，鲁智深也如他一样，是不愿招安的。武松是第一个跳出来反对招安的人，鲁智深可是那天第一个在招安问题上顶撞了宋江的人。当然，鲁智深所说的"招安不济事，便拜辞了，明日一个个各去寻趁罢"是一时冲动而语，但这不正能说明不愿招安的心态吗？宋大哥干什么非得招安呢？难道他不知道朝廷现在是奸臣掌权，残害忠良吗？他知道，但他还这么做，难道一个虚名声比兄弟情谊还重要吗？

鲁智深连倒三碗酒，一口气喝掉，说："我不想下山，咱俩留在山上。"林冲哀叹一声，摇头说："智深，你喝醉了。"他又何尝没这么想过，可这现实吗？难道让宋江带领弟兄们再来剿灭不愿下山的梁山贼寇吗！他林冲、鲁智深不下山，不是明摆着要与宋江作对吗！那样，又要置他林冲于何地？不又是逼他林冲上一次梁山吗？想当初他林冲堂堂一个七尺男儿，八十万禁军教头，被高俅等奸臣弄得妻离子散、家破人亡，险些丧了性命，被逼无奈，上了梁山，现在却又要回去，受那朝廷的制约与奸臣的捉弄。林冲心痛得一抽一抽的，是在流血了。

鲁智深摔了酒碗，拥抱了一下林冲，走了。

箫声不知道什么时候停了，响起来的是乐和的歌声，唱的依旧是宋江作的那首《满江红》。

林冲拿出一百单八将名册，一页页地翻看，十天来，他每天都要翻一翻名册，纵观这些人，可说真正被陷害逼上梁山的也就是他林冲了。林冲把名册慢慢地撕碎，打开窗，一扬手，一阵风吹来，碎纸片飞了回来，像雪花一样落在了林冲的身上。林冲就想起了雪夜上梁山的情景。

刺　秦

　　我只是燕国太子丹的一个贴身仆从。

　　田光来了，田光把荆轲领来了。面色看上去沉稳庄重的荆轲肃立在太子丹的面前时，我偷偷地打量了一眼这个让今人和后人都称赞的剑士，可我的目光一落进他的眸子里，我的心不由自主地就打了个寒战。

　　荆轲的眸子里静如秋水。

　　荆轲可是要去刺杀秦王的呀！从现在起，他就不是个令人赞誉和敬仰的剑士了，他应该是个令人见了就心惊胆战的杀手啊！他的目光应该充满杀手冷酷无情的杀气啊！

　　就是在这刹那间，我清楚地知道了，荆轲不是个能置秦始皇于死地的杀手。荆轲只能是个剑士。

　　可太子丹却认定刺秦非他莫属。

　　我望着太子丹——我的主人，他的背影在我的眼里一闪一闪的，飘忽不定。我知道，这是个不祥之兆。

　　荆轲过上了锦衣玉食的好日子。

　　太子丹每天都要去看荆轲，我劝阻过他，可他不听，还呵斥我说："你懂什么？士为知己者死！"我知道，他是想以一国太子的尊贵来换取荆轲刺秦的决心。

　　太子丹是我的主人，我不忍看着我的主人过早死去，因为他死了，我也不会好到哪里去。一天，在太子丹看过荆轲回走的路上，我斗胆把自己对荆轲刺秦难以成功的担忧说了出来。我垂首扶太子丹上车时不失时机地说了一句："荆轲杀不了秦王。"我的声音不大，但我知道很有力度，每个字都沉甸甸的。太子丹听到了，我看不到他的脸，但我知道他一定万分惊讶地望着突然冒出这么一句话的我。因为他上车的脚步停住了，而我扶着他的那只胳膊在我说过这句话后，也瞬间像根木棍似的僵硬了。

太子丹把我单独叫到了密室。

我说："荆轲的眼睛里没有杀手的影子。"

太子丹像是回忆了一下后，点头说："的确如此。可是，有杀手的影子，秦王见了，还能让他上前了吗？"

我笑了，当然是低着头笑，太子丹看不到我的笑，我说："秦王会叫一个使臣在他的面前昂头吗？"我敢说，我跟随太子丹这么多年，他都没有看到过我的眼睛里究竟有什么。

太子丹无语。我感觉到了他的心跳，有些慌乱的心跳。但我知道，他不会问我该怎么办，因为我是个下人，一个身份卑贱的仆人。他不会让一个仆人指出他该怎么做的。沉默了好一会儿，太子丹说："去吧，让田光来见我。"

太子丹的高级参谋田光从密室里出来时，脸色很不好看，我知道太子丹一定把我说的话说给了他，当然，也会把我的担忧说给他。田光匆匆去了荆轲的住处。

田光回来向太子丹奏告说："荆轲要带个助手去刺秦。"太子丹问："带谁去？"田光摇头说："荆轲没说，只说这个人周游还没回来，等他回来就去刺秦。"

太子丹坐不住了，他的心绪烦乱了。一个人心绪烦乱的时候最怕人家告诉他还得等待。太子丹一拍桌子说："不能等了，让秦舞阳给他当助手。"

我在门外听见了他们的谈话，立刻惊出了一身的冷汗，因为我知道荆轲等的人是谁，也许，荆轲和这个人去刺杀秦王，真的就会杀了秦王。这个人是剑士盖聂。盖聂是荆轲的朋友，而且，他的剑术可能比荆轲还要高，有他相助，杀秦王也许就能成功。可盖聂不在，盖聂在荆轲被太子丹定为刺秦之人后，便不知去向了。我知道，荆轲永远也不可能把盖聂等回来的，因为盖聂不赞同刺秦。其实，荆轲也不赞同刺秦，但荆轲更不能对不住太子丹的盛恩。荆轲等盖聂，是拖延时间，也是想真的刺秦成功。

可是，太子丹等不及了。

荆轲注定要刺秦，也注定刺秦不成。

荆轲面见秦王。

荆轲还是不想刺死秦王，匕首突然握在荆轲的手中时，荆轲犹豫了一下，他的犹豫给了秦王逃生的机会。前面我对太子丹说过，荆轲不是个杀手，荆轲的犹豫验证了我的话，一个出色的杀手，不会利刃在手而犹豫不决的。

据说，秦王在荆轲咽气前问过荆轲为何犹豫的。荆轲对秦王说："我想活捉你。"这只是荆轲个人的想法和决定。荆轲在告别太子丹时，一丁点想活捉秦王的迹象都没有。

可我知道，荆轲的想法是正确的。因为，只有活捉秦王，秦国才不可能来灭燕。秦王死了，秦国一样会灭燕。因为会有另一个秦王打着为先王报仇的更好的借口来灭燕。

秦舞阳害怕的脸色却成了秦王不死、刺秦不成的罪魁祸首。

荆轲没有杀死秦王的消息传回来，我的主人太子丹冷静地对我说："你的话我没有信啊！"

太子丹死时，我守在他的身旁，他的眼睛瞪得大大的。我伸手合了好几次，也没合上。

猎　貂

猎貂，主猎紫貂。紫貂，俗名大叶子，毛皮珍贵。用紫貂皮制成的袭装，得风则暖，着水不濡，点雪即消。满清王朝规定：非皇室与二品以上王公大臣不得着貂袭。

据说，老辈人猎貂，为使貂皮无损，在风雪天赤身裸体躺在有紫貂的山里。紫貂心善，常以体覆盖冰冻之人，使其暖，便被捉。只是，十人捉貂，常十人不得生还。三皮把脸贴在母亲的胸膛，一股凉意立刻从他的脸皮传到心里，便禁不住心颤了一下，两行热泪夺眶而出。

随着凉意而来的，还有母亲胸腔里那如风匣一般的呼嗒声。

老中医的话在三皮的耳畔响起：这病，有张貂皮暖着就好了。

三皮起身去了老猎人四爷家。

四爷望着下了决心要去猎貂的三皮，缓缓地从身后拽出一坛陈年老酒来，启了封皮，一股浓烈的酒香立刻溢满了屋子。闻着酒香，三皮身子就暖暖的了。四爷把酒递给三皮说："喝了吧！能顶一阵子的。"

三皮喝了酒，就去了红马山。

四爷找到三皮时，三皮都冻僵了，可僵了的三皮没死，嘴里一口口地呼着白气呢！一只紫貂像一张小毯子似的把三皮的胸口捂个严严实实。

四爷把伏卧在三皮胸口的紫貂拾起，装进蛇皮口袋里。用雪擦了三皮的身体，又用狍皮袄裹了三皮，把三皮背了回来。

三皮醒过来，看到了母亲的泪眼和贴在母亲胸口的紫貂皮。三皮说："紫貂也疼咱母亲呢！"

四爷说："是紫貂知道你有孝心呢！"

日军占领东北，各地抗联勇击日寇。

一日，一抗联小分队路过，小住。三皮在四爷家见到抗联队长不住捶腰，嘴里咝咝痛苦呻吟，一问得知，因天寒地冻腰处枪伤疼痛。

三皮便对四爷说："给我坛陈年老酒吧！"

四爷含泪而起，亲自斟酒给三皮。

三皮顶着风雪上了山。

四爷寻上山来，远远便看见了三皮，惊奇万分，感叹不已。躺在雪地上的三皮身上覆盖着一层厚厚的貂毯，从头到脚，只留下两个鼻孔出气，数不清多少只紫貂卧在三皮的身上……

四爷热泪长叹："仁心呢！"

三皮参加了抗联。

参加了抗联的三皮在一次战斗中被日军俘虏。

三皮没熬得住日军的诱惑，成了汉奸。

汉奸三皮领着日军找到了抗联小分队的营地，上百条铮铮不屈的汉子血洒黑土。

清理抗联物品时，日军少佐发现了抗联队长腰间的紫貂皮，惊喜地扯下来。一看，却有着四五个枪眼，可惜得哇哇直叫。

三皮过来，谄笑着，吹嘘说道："这还是我猎到的呢……"

少佐目露神采，寒光闪闪的战刀一指三皮："你的，再猎一只给我。"

三皮惊出了一身冷汗。望着寒光闪闪的战刀，却又不得不硬着头皮脱光了衣衫。

四爷在山上发现了死去多日、冻得梆硬、光条条的三皮。

四爷来到三皮跟前，看到三皮的胸口处有个碗大的洞。四爷往里看了看，里面没有了心，早让紫貂掏吃了。

饭 碗

县令王灵昌弯腰从脚下抓起一把泥土,缓缓松开,微风拂过,手中泥土随风远去。

王灵昌的眼睛顿时红涩。

三年大旱,万亩良田已是寸草不生,身为一县之令,怎能不心急如焚。可朝廷的救灾粮还没有影子,怕是,救灾粮在来的路上就已被州、府分刮完了。老仆人在身后轻唤了一声:"老爷,回吧!"

王灵昌回身,望一眼面黄肌瘦的老仆人,轻叹一声,不无凄凉地对老仆人说道:"你也走吧!不要留在我身边等着饿死了。"

老仆人干涸的老眼立刻有了一点久已不见的泪花,说道:"老爷不走,我也不走。"

王灵昌一声长叹,无语而返。

回至县衙,在县衙门口,王灵昌见到了几个枯干瘦弱的乡民。全县乡民已因灾走死逃亡十去七八了,整个县城人影稀疏,笼罩在一片死寂的氛围之中。

王灵昌问道:"怎还不走?"

乡民摇头哀叹:"故土难离啊!何况,您一县之令与我等一样忍饥挨饿,固守家园,我等又怎忍心离去呢!"

王灵昌登时热泪盈眶,深深地对乡民们施了一礼。

进了县衙里，偌大个院落亦也是人去院空，寸草不见，一片灰暗。王灵昌干干地咽了一口唾沫。老仆人见了，转身走开。片刻回来，手里端着一只青花小碗，递给王灵昌道："老爷，喝口水吧！"

王灵昌接过，半碗浑浊之水。只这半碗浑浊之水，都不知老仆人是费了多大的气力才从深井之中一点点掏弄出来的呢！

王灵昌不喝，把碗回递给老仆人，威严地说道："喝了。"

老仆人没接。

王灵昌举碗喝了一小口后，把碗又递给老仆人。老仆人颤抖着双手接过，慢慢喝下半碗浊水。

老仆人转身要走，王灵昌突然叫住他。王灵昌紧盯着老仆人手中的碗，端详片刻，脸上突然有了一丝深刻的笑意。王灵昌道："这碗，是皇宫里的吧？"

老仆人猛地一激灵，抬眼望着王灵昌。老仆人脸色渐渐地暗成死灰色，惶恐地望着王灵昌。他太了解自己的主人了。老仆人扑通一下跪在王灵昌的面前，泣声哀求道："老爷，不可呀！这是要杀头的呀！"

王灵昌仰望了一眼天空，从老仆人的手里拿过碗，缓缓说道："这可是皇上用过的饭碗，皇上赏赐给我的，我用皇上的饭碗不至于要不到一口饭吃吧！"言罢，毅然起身出了县衙。

王灵昌来鸿兴米铺。

米铺里的米堆积如山，但已是没有几人买得起了。米铺里不义之财亦也是堆积如山。

王灵昌双手擎着青花小碗走进了鸿兴米铺。王灵昌恭恭敬敬地把青花小碗放在几案上，退身，跪倒，叩首。行完大礼，王灵昌起身对呆望着自己的米铺老板说道："此碗乃是皇上赐给本官的，是皇上用过的一只饭碗，今天，本官用这只碗跟你讨口饭吃，不知……"

米铺老板狐疑地望着青花小碗。

王灵昌威严说道："做臣民的，总不能让皇上的饭碗也空着吧！"

米铺老板立刻笑脸说道："哪敢！哪敢！不知皇上这只碗能装下多

少？装多少我给多少的。"米铺老板的笑容里透着一丝狡诈。

王灵昌冷笑一声，双手擎碗，顺着云梯一步步蹬上高高的米堆，手腕一翻，碗口扣住了米堆的尖端。

仰头而望的米铺老板顿时脸如死灰。

放粮。

全县剩余百姓得以存活。

米铺老板也是通天之人，一纸诉状告到朝廷。

皇上龙颜震怒，令将犯有欺君之罪的王灵昌押解进京。

皇上当朝提审王灵昌。

王灵昌面无惧色，一言道："臣不忍皇上子民饿死，假以皇上之饭碗讨食，实是欺君之罪，臣死，而百姓不死，臣也不负皇上了。"

皇上无语。

片刻，皇上命把那只青花小碗拿上来。

青花小碗放在了龙案上，皇上悄声对小太监说了一句什么，小太监捧起青花小碗飞快地去了。片刻，竟用青花小碗端了一碗饭回来。

皇上接过盛着饭的青花小碗，大口大口地吃了起来。

众大臣面色皆惊。

皇上把饭吃完，一举青花小碗，龙吟："朕的这只饭碗，赏赐给王灵昌了……"

玩 笑

　　张明是在胡同口碰见同事刘美的。张明碰见刘美时天已经很黑了。张明和刘美走了个对头碰，由于天太黑，刘美眼睛又近视，就没瞧出张明来。正因为刘美没瞧出张明，张明才决定和刘美开个玩笑的。张明把头上戴着的帽子往下一拉，挡住多半张脸，凶狠着嗓子对走到眼前的刘美低吼一声："站住！把钱拿出来！"

　　刘美猛地顿住脚步，接着张明手中一沉，一个钱包落在了张明的手中。张明一下愣住了，没想到刘美既没喊也没叫就痛快地把钱包掏了出来。到底是女人啊，难怪被抢的大都是女人呢！抢劫犯碰上刘美这样的女人还不乐坏了。

　　就在张明一愣神的工夫，刘美已转身飞快地跑走了，等张明回过神来，刘美已经跑出胡同口，没了踪影。张明心里忍不住好笑，想不到刘美碰到劫道的竟是如此胆小怕事、惊慌失措、抱头鼠窜。张明决定明天上班时再把钱包还给刘美，而且还要好好逗一逗刘美的。

　　张明第二天来到单位，刘美还没来。单位的人渐渐都来了，可就是没看到刘美的身影。直到上班时间过了，也没看见刘美。张明想逗一逗刘美的心思就有些不轻松了，想可别是昨晚的玩笑把刘美吓坏了啊。

　　张明心里正忐忑不安呢，刘美来了。张明仔细观察了一下刘美的脸色，还好，看不出惊吓过度的。张明不轻松的心情立刻又轻松起来，走过来笑嘻嘻地问刘美:"钱包遭劫了?"

刘美一愣,表情惊讶地望着张明说:"你怎么知道的?"

张明故作神秘地一笑说:"我当然知道了,我还知道钱包在哪儿。"

刘美表情更加惊讶地望着张明说:"你知道我钱包在哪儿?你认识那个抢我钱包的人?"

张明哈哈地笑,笑得眼泪都快进出来了,说:"我当然知道你钱包在哪儿了,那个抢你钱包的人不仅我认识,你也认识,而且还很熟悉呢!"

刘美吃惊不已地说:"我熟悉?是谁?你不是开玩笑吧?"

张明乐得不行地说:"真的,你太熟悉了,他就是跟你开个玩笑……"

刘美脸色一下凝重起来说:"如果真是熟人,玩笑可就开大了,我报案了。"

张明像被突然噎住了似的止住了笑,惊说:"你报案了?"刘美点点头。张明连忙从兜里把刘美的钱包掏出来,慌急地对刘美说:"你怎么能报案呢?是我呀,我昨晚跟你开玩笑的,我只是想吓唬一下你,谁知你扔下钱包就跑了。"

刘美望着张明手中的钱包,目瞪口呆。刘美缓过神来,也急了地对张明说:"你怎么什么玩笑都敢开呢?你差点没吓死我,你知道吗?我哪里知道是你跟我开玩笑啊!我钱包遭劫了我能不报案吗?"

张明立刻扯起刘美就走,说:"快,赶紧去派出所把事情说清楚,要不然我就真成抢劫犯了。"

张明和刘美急急忙忙来到了派出所。负责刘美抢劫案的警察听完张明的解释,目光满是疑问地在张明的脸上扫了几遍后,一转头问刘美:"他把钱包拿出来时是你说已经报案了前还是后?"

刘美实话实说:"是我说已经报案了后。"

警察目光立刻审视罪犯似的扑在了张明的脸上,威严地说道:"你们这种人我办得多了,专拣熟人下手,被认出来了就说是开玩笑的,认不出来又不报案,你们就得手了。"

张明心里咯噔一下，问题严重了，这个玩笑看来是真的开大了。张明忙对警察喊道："冤枉，冤枉，真的是开玩笑啊！"张明忙把目光转向刘美求助说："刘美，你说我们是不是开玩笑啊？"

刘美有些迟迟疑疑地说道："应该是开玩笑吧！"刘美迟疑的回答显然是受警察刚才的话影响了，张明痛心疾首地对刘美喊道："怎么能是应该呢？就是开玩笑嘛！"

警察立刻严厉地训斥张明道："喊什么？还想威胁受害人呀！"

张明立刻像泄了气的皮球瘪了，浑身无力，有些冷地说："我真的就是开个玩笑啊！我就是开个玩笑啊！"

警察不理会张明喊冤叫苦的，胸有成竹地说："这个案子不能撤，对你还要进一步调查，我们不会冤枉一个好人，但也不会放过一个坏人。"

张明感觉天旋地转的，有股站在悬崖边上往下看的感觉。

一天后，张明被领出了派出所。把张明领出派出所的除了刘美外，还有单位领导。领导铁青着脸，一言不发。领导是对张明一言不发，对警察是发了不少言语，而且是好言好语的，否则张明也不可能从派出所被领出来。张明感恩戴德又胆战心惊地跟着一言不发铁青着脸的领导回到了单位。走进单位，张明看到同事们看见他，面目表情分明都是鄙夷和厌恶，同事们已经把他认定成了一个罪犯了。张明心里凉飕飕地跟着领导进了办公室，张明原以为领导会对他大发雷霆，但领导没有，领导只对他说了一句话，领导说："你调换一下岗位吧，收发室的老王不干了。"

张明就感觉天突然塌了下来，压得他眼前发黑喘不上气来。

回到家，张明看到妻子正在收拾东西，像要出门。张明就问妻子："你干什么去？"

张明妻子抬起头，脸上挂着泪水，痛恨地对张明说了一句："我不能跟一个抢劫犯生活在一起。"

张明愣怔了一下，苦笑着说道："好，好，有谁能开出这么好的一个玩笑呢！"

反问语

老张曾是办公室秘书中的一员，虽然年长我们几岁，但从不在我们面前装大，与我们相处言语谦恭，这让我们对老张的印象很不错，和老张的关系自然处得也不错。后老张得以提拔重用，调到下面一个不是很大的局当局长。任命一下，老张十分高兴，高兴的不是这个局很有实权，是当了一把手。单位不在大小，是一把手就行。这是我们这帮秘书私下里经常念叨的一句话。宁为鸡头，不为凤尾，这是至理名言，用在官场也最为合适。要知道，每个单位只能有一人说了算，这人自然就是单位的一把手。一把手管钱管物还管人，老张做了一把手，三管齐占，怎能不高兴呢！

高兴的老张就高兴万分地去上任了。临别送行宴，老张喝得感情横溢，拉着我们的手，眼泪在眼圈中打着转说："兄弟们，别忘了哥哥。"

我们也眼圈红红的，八分羡慕两分嫉妒地被老张拉着手说："你当了局长，可别忘了我们啊！"

老张的眼泪便落下来，说："你们觉得我能吗？"

这是我们第一次听到老张用反问语说话，我们跟老张在一起共事好几年，还从来没听老张用反问语说话的。当然，老张好像也没听我们其中谁这么说话的。我们都不用反问语跟人说话，因为我们都是机关里最基层的小干部，反问语的话不该是我们说的。现在老张这么跟我们说，我们都感觉很意外，愣了一下后，我们有如对领导似的忙说："不能，不能，绝对不能。"老张也是个领导了。

老张就重重地拍了拍我们每个人的肩膀。

老张当了局长一个月后回来了，老张跟我们每个人都亲热地握过手后，言辞恳切地说："我来接兄弟们到我那儿坐坐，晚上聚聚。"

我们听了很高兴，老张还真没忘了我们这些在一起共事过的弟兄。高兴是高兴，但我们害怕给老张找麻烦，毕竟老张刚当局长不久，我们这帮人去他那儿又吃又喝的，怕对他影响不好，便纷纷拒绝前往。

老张脸一撂说："怎么，我这个小局长请不动你们吗？"

老张的反问语让我们脸红心热，感动得心都酸了，立刻跟着老张去了老张单位。到了老张单位，喝茶聊天，叙叙往事。但老张却很少说话，大多时是在听我们说。偶尔说上两句，也几乎是反问语。比如说起关于老张的一件事，老张："你们还记得吗？"我们说："记得啊！"老张说："你们怎么还记得呢？"我们就觉得我们似乎应该忘记了那件事的。

说话时，局里秘书给老张送来一份讲话稿，老张接过来粗略地翻看了一下，望着秘书说："你这是讲话稿吗？"老张的反问语让当着我们这么多人面的秘书无地自容，脸红得像一块红布。老张又说："我没跟你说这个讲话应该怎么写吗？"

秘书声音颤抖地说："我重写吧！"

老张把讲话稿递给秘书："记起我跟你说怎么写的了吗？用我再给你说一遍吗？"

秘书忙点头又摇头，接了讲话稿匆匆地离开了。

老张对秘书一连串的反问语让我们都闭了嘴巴望着老张。老张突然感觉没了说话声，望望我们，我们都怔怔地望着老张，老张疑惑不解地反问我们说："你们怎么不说话了呢？"

我们忍不住笑起来，把老张笑得莫名其妙。

后来就去喝酒。一个月不见，老张酒量大长。几乎片刻之间，六七两酒就落了肚。我们已是脸红心跳、头晕眼花、腿发飘，纷纷推杯不喝了。老张自满了一杯说："你们是我兄弟不？是我朋友不？还把我当哥哥不？"老张一仰脖一杯酒又落了肚。

老张的三句反问语和干净利落的行动让我们热血沸腾，抓起酒瓶子都斟满了，也干净利落地倒进了肚子里。

东倒西歪出了饭店，老张的司机早把车停在了门口。老张摇晃着，冲司机一摆手："你回去吧，我来开。"

司机脸都白了，忙说："还是我来开吧！"

老张眼一瞪，酒气喷得司机倒退了一步，说："你是不是认为我喝酒喝多了啊？你是不是怕我开不走啊？"

司机慌慌地说："不是，不是。"司机求救地望着我们。

我们便大着舌头对老张说："你喝这么多的酒别开了，还是让司机开吧！"老张一把拉开车门，坐到驾驶员座位上，探出脑袋对我们喊道："你们怕我把你们拉沟里去啊？你们瞧不起我啊？"

我们忙打开车门钻进车里。我们害怕老张再来几个反问语。

老张把车发动了，一给油，车便跑了起来。我们明显感觉到车在打晃，车一打晃我们的酒便有些醒了，相互抓着胳膊胆战心惊地对老张说："你慢点开。"老张把车开得挺欢地说："这点酒算什么啊！你们胆儿怎么那么小啊？"音未落，老张喀地一脚踩住了刹车，车打了个旋停住了。我们惊出一身冷汗，看到车前面站着一个交警。

老张打开车门对交警喊道："你不要命了啊？"

交警来到车门前，抽了一下鼻子说："是你不要命了，一看就是酒后驾车。"

老张说："你说酒后驾车就酒后驾车啊？"

交警说："不是酒后驾车怎么打晃呢？"

老张眼一瞪反问道："你喝一斤酒开车不打晃啊？"

您喝多了

俗话说，怕什么有什么，小张害怕局长开车出事，结果，局长开车就把人撞了。小张是局长司机，开车是小张的事，可现在领导开车时髦，局长自然要不甘人后，赶赶时髦。每次外出，只要是车行驶在宽敞的大道上，而不是人流熙攘的街道上，局长都要坐到小张司机的位置上，兴趣盎然地开起车来，等快到目的地时再让小张来开。每次局长一坐到小张的位置上，小张的心就嘭嘭地，紧张得额头呼呼冒汗，深怕局长打错了方向盘，踩错了刹车油门。害怕害怕，结果还真就出了事故。

局长是在下乡回来的路上把人撞了的。小张就坐在局长的身边，盯着局长。局长握在方向盘上的手死死的硬硬的，像是抓着铁砣，生怕脱落砸了脚。小张也怕局长松了手，就一直死盯着局长的手，便忽视了给局长照路。没想到，路中间突然就蹿上一个人来，本来人离车挺远呢，可局长就慌了，连忙去踩刹车，一脚却踩在了油门上，这车就箭似的朝那人冲了过去。等小张发现了，想提醒局长采取紧急措施已经晚了，飞速行驶的小车已咣地一声把人撞了出去。人撞出去了，局长的手脚还麻着呢，小张踹了好几脚，才把局长踩在油门上的脚踹下去，踩住了刹车。

小张和魂飞魄散的局长跳下车，跑到被撞的人跟前，那人已口吐鲜血有出气没进气了。局长便木桩子似的怔呆了。过路的车停下来，有人拨打了122，很快，交警来了，把被撞的人送往医院，现场拍照后，把小张和局长带到了交通事故处理中心。

面对严肃的警察，局长惊魂未定地说道："我没想到会撞人的，真的没想到……"

警察瞄了一眼局长，冷冷地说道："驾驶证？"

局长一愣，局长哪里有驾驶证啊，局长摇摇头。

警察眼一瞪："无证驾驶？"

小张连忙一扯局长，对局长说道："局长，您喝多了，是我开的车呀！"小张说着，掏出驾驶证递给了警察，站在了局长前面。

局长一愣，瞬间明白了，立刻退到了小张身后。

由于伤者正在抢救，生死未知，肇事者小张必须扣押。小张对局长说："局长，你回去吧。如果人死了，我可能就回不去了。"小张说着眼里就有了泪。

局长感激地拍拍小张的肩膀，肯定地说道："放心，我一定把你接回去的。"

两天后，小张被局长接回了局里。局里拿出一大笔钱赔偿了被撞的人。回到局里，局长把小张直接领到局长室，关好门，亲自给小张倒了杯茶，递给小张说："小张，多亏你了，当时我都蒙了，要不是你说我喝多了，站出来，恐怕我这局长也干不成了。有什么要求你尽管说。"

小张不好意思地笑笑说："没啥要求，就是我不能再干司机了。"

局长连忙摇头说："这可不行，你提什么要求我都能答应，就这不行，有你给我当司机，我放心啊！'"

小张苦笑说："局长，我不是不想给您当司机的，您想想，我出了这么大的事故，如果不把我调离司机岗位，会让人猜想的，说不通啊！"

局长怔了怔，笑着说："是啊，说不通啊！这样吧，你先到办公室跑跑腿搞搞接待，办公室李主任也快退休了……"

小张就到了办公室。虽然到办公室工作，但局长外出或下乡的时候还叫小张当司机。不过，当车行驶在宽敞的大道上时，局长还做小张的司机。

半年后，小张被提拔成了办公室主任。

一年后，小张主任在局长的力荐下，当上了副局长。只是，张副局长还是经常跟随局长外出或下乡，互做司机。

这一天，还是张副局长和局长俩人开车外出，局长喝了酒，借着酒劲儿一屁股坐到了司机的位置上，结果又撞了人，而且把人当场撞死了。警察询问时，局长信心十足地望了一眼张副局长，退到了张副局长的身后。站在局长前面的张副局长腰杆儿一挺，对警察说道："我们局长喝多了，我不让他开他非得开，结果……"

手机是可以做手雷的

局里一开会，尤其是全局职工都参加的大会时，手机的铃声便起此彼伏响成一片。现在手机的铃声不仅悦耳动听多姿多彩，还五花八门，嘹亮动听的歌声中突然就冒出一句东北腔：扯啥哪，赶紧接电话啊！会议室里便是笑声一片了。如此一来，正在讲话的局长不得不停下来，强调纪律，很严肃地强调纪律，勒令关闭手机。局长严肃了，脸色铁青，职工们也是有些怕的，但也只是怕上一会儿，手机铃声沉默了一会儿后，便又此起彼伏地响了起来。有时，手机的铃声倒成了会议的主旋律，像开演唱会似的，歌星们轮流登场，一展歌喉。

局长很恼火，每次开会下来，都是七窍生烟。想了许多办法，采取了许多措施，比如在会议室门口处设立了醒目的"请与会人员关闭手机"的牌子，专门召开各科室负责人进入会场关闭手机强调会，等等。甚至在一次会议上，局长气愤地没收了突然嚎叫起来严重影响了他讲话的一部手机，手机没收了，会场里立刻没有了此起彼伏的歌声，但只见与会人员一会儿你低下了头，一会儿他低下了头，一会儿你出去了，一会儿他出去了，走马灯似的。这是因为手机调了震动，没有了歌声，却不影响手机的使用，却依旧影响着会议质量，与会者的心思根本就不在会议上。局长望着不住低头哈腰和出去回来的与会者，顿觉讲话索然无味。

老张是局办公室主任，办公室主任是专门为局长服务的人，自然是局长十分亲信亲近的人。局长不高兴，老张自然心中不安。老张知道局长因为什么不高兴，可老张也想不出什么办法来关闭与会人员的手机，你总不能把人家的手机抢过来关掉吧。老张就挺苦恼的。苦恼的老张回到家，老张老婆见了老张的苦脸，便问老张怎么了，老张便把无法关闭手机、不能保证会场安静、影响局长讲话的愁恼说了。老张老婆听完，一撇嘴说："不关就把它炸了。"

老张不懂地望着老婆："炸了？什么炸了？"

老张老婆笑着说："你没看电影《手机》啊，那里说什么来着，手机就是手雷啊，是手雷就能爆炸的，炸了，它还响个屁。"

老张一拍脑袋，起身就往出跑。老张跑到局长家，老张欢喜地对局长说："局长，有办法了，有办法能让与会人员关闭手机了。"

局长愣眼望着兴奋的老张："有办法了？能有什么办法呀，都成牛皮癣了。"

老张两眼闪光地说："局长，这手机除了是手机还是什么？"

局长望一眼放在茶几上自己的手机，不解地说："还是手机啊！"

老张一挥手说："不，还是手雷，是手雷啊！是手雷就能爆炸，炸了，就不能再响了。"

局长微怔了一下，笑了。

这天召开全局大会，会议开始前，局长严肃地强调了纪律，尤其是要关闭手机，谁不关闭手机，影响了开会，将采取严厉措施。没人理会局长的强调，每次开会前局长都要强调会场纪律关闭手机问题。这已经成了会议前的开场白了。

会议开始不一会儿，手机铃声便不时地响起。随着铃声的起伏，局长脸色渐渐暗了下来，但没人注意局长的脸色，可能注意了也没在意。突然又一声嘹亮的歌声响起，主席台上的局长忍无可忍地愤然而起，一拍桌子怒喝一声："有完没完了？谁的手机？"

与会人员的目光立刻转向并锁定了歌声嘹亮的人，竟是办公室主任老张。与会者不禁嘴角掠过一丝微笑，连局长亲信的老张都不关机呢，何况我们呢！拭目以待看愤怒起身的局长怎么来处理老张，怎样的一个严厉措施。

局长一看是老张，又一拍桌子，冲老张一声喝叫："把手机拿上来。"

老张犹豫了一下，还是脸色通红地起身拿着手机来到了主席台前。局长望着老张手中的手机说："摔了。"

老张一愣，老张愣愣地望着局长，似乎没听懂局长的话。

局长怒容满面，威严地说道："摔了。"

老张脸色就变成紫茄子了，一咬牙把手机摔在了地上。啪的一声响，手机四分五裂。局长望了一眼四分五裂的手机，冲着会场严厉地说道："以后开会谁的手机不关，响了、震动了、出去接的，别等我说话，你自己主动摔了。"

登时鸦雀无声。与会者纷纷掏出手机，按下了关机键。

下班后，老张来到局长办公室。一进门，局长高兴地对老张说："还真炸住了，这手机做手雷，威力还真不小啊！"

老张就笑。局长从兜里把自己的手机掏出来，递给老张说："这个你拿去。"

老张连忙摆手说："不可不可，让职工们看到我拿着你的手机用，我手机炸的效果就不好了。"

局长笑着说："你不会跟外面的朋友换一下啊！"

老张就笑了，接过手机说："局长，你也该换一个手机了，哪个局的局长手机不比你的好啊！"局长笑着点了点头。

老张回到家，把局长的手机递给老婆说："给你，你的手机太老了。"

老婆望着老张说："你手机不是摔了吗？还是你换一个吧，要不还得花钱买。"

老张微笑着从兜里掏出一个手机来，老张说："这就是我的手机啊，我把它换了一个外壳，摔的那个是我花十块钱买的报废手机啊！"

汇报材料

我到乡政府当秘书时，上班第二天便接到了县里的一个通知，县计生工作督查组明天要来乡里检查前段时间召开的计生工作会议落实情况。我立即把通知告知了乡长。乡长听了一点都没惊慌，对我说：你写一个落实的汇报材料吧！

回到办公室我就蒙了，我根本不知道这汇报材料怎么写。办公室原来的老秘书现在的于主任一眼就看明白了我为什么愁眉苦脸地转磨磨，说我：你瞎转什么呀？赶紧把计生工作的有关材料找一找，不就能写了吗？我立刻手忙脚乱地找到了县里下发的计生工作会议材料，领会了一下精神，又把乡计生办搞的落实情况看了看，觉得心里有点底了，就照葫芦画瓢地把汇报材料写完了。刚要给乡长送去，于主任叫住了我，于主任说：把你写的汇报材料拿来我看看。我忙把汇报材料递给于主任。于主任翻了翻，粗略地看了一下说：你这么写根本不行，乡长看了不会满意的。我就慌了，我来乡政府，乡长本来就不太同意的，乡长是想让他外甥来的，但我比他外甥考的好，他不好强办。现在这第一篇汇报材料就让乡长不满意，我以后还能有好日子过吗？乡长借机把我拿下去都说不定呢。我连忙求助于主任：于主任，您快帮帮忙吧！晚上我请您喝酒。于主任叹了口气说：你考上来也挺不容易的，这么办吧，时间也不多了，我跟你讲，你一时也不见得明白，我说你写，还快点。

我真是说不出的感激，忙准备好纸笔，望着于主任。于主任点燃了一支烟，深深地吸了一口，略一沉思，开口说道：第一，召开了屯长、村长、乡直干部参加的落实县计生工作会议精神大会。

我没动笔，抬头问于主任：咱好像没开会吧？更别说召开乡、村、屯三级干部会议落实了。

于主任说：没开不等于乡长不想开。

我说：想开不还是没开吗？

于主任说：你别较真儿了，快写吧！就这么写，没错。我立刻下笔。于主任又说：第二，发放计生宣传单一万份，做到了宣传到户。

我吓了一跳：于主任，这数不太对吧，计生办说一共才印了一百份，一个屯才一张的。

于主任说：一张都多余，谁看。但你不这么写不行。写吧！于主任接着说：第三，采取有效措施，杜绝了育龄妇女计划外超生，三千育龄妇女无一人计划外怀孕。

我忍不住笑：不该生的都生了十几个了，这谁不知道呀！

于主任说：督查组不知道就行。不超生，乡里罚谁去，吃谁去呀？

我有些担心地说：这么写能行吗？督查组要按这个汇报材料查可就露馅儿了。

于主任胸有成竹地说：放心，你只管写好你的，只要乡长满意了就行。乡长会安排好的，你担哪门子心呢。

我按于主任说的三点重新写好后，立刻给乡长送去，乡长看了汇报材料后，连叫了两声好：落实得好，落实得好。乡长立即吩咐：把计生办的人和各村村长都叫来开个会。

乡长给计生办和村长们开的会我没参加，也不知道乡长是怎么安排的，但我相信于主任的话，乡长会安排好的。第二天，县里的督查组来乡里检查时，乡长就拿着我写的那个汇报材料进行了汇报。乡长汇报得有声有色，督查组人员听得频频点头，从脸上的表情就能看出十分满意。汇报完毕，督查组提出要下去实际看看，乡长就亲自带着督查组下去检查了。

吃过了午饭，督查组就走了，检查得很满意。乡长送督查组回来，在办公室门口看见我，乡长挺高兴地对我点头说：不错，不错，第一个汇报材料就抓得这么准，是个可造之才，好好干。我连忙谦虚，心里还是很得意的。

晚间我请于主任喝酒，酒喝得差不多的时候，于主任说我：这回知道汇报材料怎么写了吧！

我也喝得差不多了，我说：说实话，我还是不知道怎么写，这第一个汇报材料根本就不是我写的，是你于主任写的呀！

于主任喷着酒气说：你怎么那么笨，还非得我给你点明了啊！这汇报材料怎么写，不就是一句话吗？

我说：哪句话呀？

于主任醉眼一瞪：睁着眼睛说瞎话呗！

温暖啊温暖

我们局对外的形象不是太好，或者说老百姓对我们局的印象不是太好。我们局的形象在老百姓的心目中欠佳可是一件不得了的大事，局长立即把几个副局长、还有办公室林主任召集到一起开会，研究怎样才能使我们局的形象在老百姓心目中得以提高。

会议主题明确、目标明确，会议开得就快。会议决定搞一次送温暖活动，就是全局干部职工在局领导班子的带领下去敬老院做一次敬老爱老的慰问，当然不能空着手去，既要带去爱心又要带去慰问品。考虑到对老年人的实用性，慰问品决定买一些水果和蛋糕，再买一些适合老年人穿的衣服。

林主任要联系电视台，这是大事，就叫我去办慰问品。我用最快的速度买了二十箱新鲜水果、五个写着寿字的大蛋糕，还有五十件老年人穿的衣服。我把慰问品买回来时，林主任已经跟电视台联系好了，明天去送温暖时，电视台派记者去录像做报道。

第二天，全局干部职工集合要出发时，才发现电视台的记者没来。林主任慌了，忙打电话联系，电视台那边告知原准备给我们局报道送温暖的记者被县领导带走考察去了，再抽不出记者来了，如果确实需要报道的话，就等个一两天，有了记者再去送温暖吧！

林主任忙跟局长作了汇报。局长自然大不过县长，局长脸色不好看，可也没办法。局长就回头看几位副局长,副局长们说:"那就等等吧,也不是去救灾,没那么急。"局长说:"那就等吧!"全局干部职工就散了。

我问林主任:"水果放几天没关系,蛋糕怎么办?是不能放长时间的。"林主任说:"还能怎么办?吃了呗。"我问:"怎么吃?"林主任就摇头,也不知怎么吃。林主任说:"我去问问局长吧!"

林主任回来一脸红光,说局长的意思是搞一个集体生日活动,全局的干部职工今天集体过一次生日。我立刻按照林主任的具体指示在富豪大酒店定了五桌酒席。中午吃饭时,局长做了简短的生日祝福词,大家都感觉到心里暖暖的,本来要给敬老院的老人们送温暖的蛋糕成了我们集体过生日的蛋糕。蛋糕吃到嘴里,一直甜到心里。

过了两天,电视台那边倒是有记者能过来了。可局长出去开会了,得好几天能回来呢!局长是全局的首领,送温暖这么大个活动不领头参加于情于理都说不过去。那就等吧。把局长等回来了,电视台那边又不行了。后来局长也行了,电视台也行了,副局长们又不行了,出差的出差,开会的开会,人总是凑不全。林主任的意思就不要等人都全了,局长领着去就行了。局长就批评林主任说:"咱局的形象不是他局长个人的形象,是局领导班子的形象,是全局干部职工的形象。送温暖不是他局长个人的意思,是局领导班子的意思,是全局干部职工的意思,缺谁少谁都不行。"林主任就不敢再说什么了,只好等。

一等等了快一个月,这温暖还没送上。眼瞅着那二十箱新鲜的水果都不新鲜了,我就问林主任怎么办。林主任又去问局长。局长说:"搞点业余活动,吃点水果嘛!"于是,在林主任的全力组织下,局里连续开展了扑克比赛、象棋大赛、排球联赛等活动,二十箱不太新鲜的水果被吃掉了。当然,为了开展赛事,又买了二十副扑克、十副象棋、五个排球,还有几十斤瓜子、糖块,当然更少不了胜利者的奖品、参与者的纪念品,这让我们又一次感到了工作的愉快和集体的温暖。

等了快半年,我们的送温暖活动还没有进行,而我们的局长已经调走了。可能局长调走时也没有跟新局长交代送温暖活动的事，反正新局长来了后一次也没提过送温暖的事。

我问林主任："那五十件衣服怎么办？再放也怕是要长毛了。"林主任就去问局长，局长听了林主任的汇报后，没具体说怎么办，只对林主任说："你看着办吧。"林主任就回来了，想了想说："谁家没有老人啊！"

现在，那五十件本来要给敬老院的老人们带去温暖的衣服，已经穿在了我们这些职工家中老人的身上，想想，真是让人温暖啊！

扫 帚

我给我们乡的书记当秘书。

书记可不把我这秘书当外人，只要是没有硬性规定的公出旅游，十分重要的吃饭场合，书记总是要带上我的。不用我说，各位也应该知道，我这个秘书，也是很精灵的一个人，要不然也不能跟书记混得哥们儿似的。不过，从许多事上来看，我还是没有我们书记精明，我们书记办事，那才叫精明呢！

我的一个小学同学有一天愁眉苦脸地找我来了，我这同学是做小买卖的，进了好几百把大扫帚，卖了快两年了，三分之一还没卖出去呢！这东西虽说放着也坏不了，慢慢卖就是了，可我同学是小买卖营生，几百把大扫帚押了上万元的，有些捣弄不开了，感觉吃紧。想来想去，就想到了我，想让我以乡书记秘书的身份给各单位打声招呼，一个单位买两把，也能卖些，倒回来点资金干点别的。

我这人做什么事首先想到的都是我们书记，这个事虽然不大，但我还是得事先跟书记打声招呼说一声，免得日后哪个单位的头头开玩笑似的对书记说我打着书记他老人家的旗号卖扫帚给他们了。我跟书记打声招呼，书记他不会不同意我跟各单位打招呼的，而且我还可以真正以书记他老人家的旗号帮我同学一个大忙。

我把这事跟我们书记一说，你猜我们书记跟我说了句什么？我们书记眼一瞪，就说了两个字："麻烦。"我立刻惊出了一身的冷汗，书记怎么对我这种态度了呢！书记要去会议室开会的，说完这两个字就起身往会议室走，我跟在他的身后，心情沮丧得不得了，灰暗一片。可开完会后，我就全明白了，书记所说的麻烦，不是对我不好了，而是嫌我那样打招呼给同学卖扫帚太麻烦。

书记开会，在会上可没要求各单位买扫帚，我不是说了吗？我们书记多精明个人呢，这种事直接说了让我们书记身份多掉价。我们书记讲完了话，起身伸了个懒腰，一转身，目光正好落在了窗外的院子里，我们书记眉头一皱，说了一句话："这院子里怎么这么脏？"开会的人都没走的，书记没走谁敢先走，书记的话自然都听到了。管事务的人立刻跑过来说："我立刻叫人扫一扫。"我们书记摇动了一下胳膊说："给我找把扫帚，也活动活动胳膊腿儿。"我们书记说完就往出走。没人拦书记，因为我们书记在乡里面向来是说一不二的，更何况，书记现在要活动活动胳膊腿儿，不仅是有益身体健康，大一点说也是劳动光荣的美德呀！难道还有人敢阻拦书记发扬美德吗？自然没人敢。不仅没人敢，而且与会者还都跟着书记来到了院子里。这时我的心里已基本明白了书记为什么说院子脏、要活动活动胳膊腿儿了。我立刻给书记找了一把扫帚，书记接过扫帚啥话没说，当着众人的面就扫起了院子。

事情这就开始了。

乡长一看书记扫起了院子，立刻给自己的秘书使了个眼色，乡长秘书这小子比我还精明，立刻跑去找了两把扫帚回来，一把递给乡长，一把自己握着，跟着乡长屁股后面扫起来。书记、乡长都扫起了院子，副书记、副乡长们、开会的各部门头头们总不能在一旁看着或走掉吧。众人立刻去找扫帚，可哪里还有扫帚啊？这可怎么办呢？众人急得在院子里直转磨磨，最急的是那管事务的，急得直跺脚，副书记、副乡长们不使好眼色地看他，各部门的头头们也埋怨他不够朋友，在这种时刻让自己不能与书记、乡长保持一致。我在旁边看时机差不多了，也知道管事务这小子弄个措手不及根本就想不起来该怎么解决的，我有必要提醒他一下了。我立刻救人于水火地低声对他说道:"还愣着干什么!快去买呀!"那小子便呼地拍了一下脑门儿:"咋就没想起来呢!"嗖嗖地往乡政府对面跑去,对面就是我同学的铺子,院子里放着一大堆扫帚呢。

事情还没有完。

各部门都在乡政府大院里办公,各部门头头们在院子里挥舞着扫帚描绘庭院,各部门职工们还能在屋里喝茶聊天看报纸吗?连忙都跑出来了,跑出来又不能去夺领导手中的扫帚,也不能站在一旁看,怎么办?买扫帚跟着扫吧!片刻工夫,我同学积压的扫帚就卖出了不少,而且,还都卖了个好价钱。想想,这工夫,谁还能因为贵个一块两块地跟他磨牙呀,哪还有那个时间啊!

我拎着一把扫帚,跟在我们书记的后面,望着我们书记劳动的背影,真是由衷地佩服啊!

傍晚,我同学笑容满面地来了,一见面,啪嚓扔给我一沓钱。我把钱拿起来,这钱可不是给我的,我也不能要同学的钱。这钱是要给我们书记的,我们书记扫了那么长时间的院子,还不应该得点辛苦费?

我同学听我说完事情经过,先是目瞪口呆,后喜形于色,突然一拍桌子叫道:"你再跟书记打声招呼,院子扫了就有垃圾了不是?我那儿还有不少收垃圾的撮子呢……"

健康很重要

　　每年秋收完了，在乡下种田的表哥都要进城一趟，给我送些还散发着浓浓乡野气息的新米来，同时也把我们过时不穿的衣服拿回去。种田人的日子依旧过得紧巴巴的，地里打下的粮食还是卖不了几个钱，似乎什么都比粮食贵。表哥跟众多种田人一样，把日子过得紧巴巴，除了吃饱肚子，什么都舍不得添置。每次来拿走我们过时不穿的衣服时，表哥的目光都激动得亮光闪闪，仿佛意外拾到钱了一样。

　　我很喜欢表哥秋收完了进城来的，不仅是喜欢他拿几件衣服回去的喜悦神情，让我这个脱不了俗的俗人在心理上感觉舒坦，更喜欢的是表哥给我拿来的不加任何色素的粮食。我喜欢表哥种出来的纯天然粮食的喜悦程度不低于表哥从我这儿拿走衣服的喜悦，我跟众多城里人一样，追求健康，粮食是身体健康的一个重要来源，表哥拿来的米自然是我身体健康的一份保证。表哥当然不会想到他的米对我身体健康的重要性，实际来讲，表哥的米要比过时的衣服贵重得多，但表哥认为过时的衣服比他的米贵重得多。

　　可是，今年秋收已过去好长一段日子了，表哥却没有带着他那保证我身体健康的米进城来。我有些心急，不知道表哥为什么到现在还不进城来。表哥家没有电话，我无法知道表哥为什么还没来的原因。正在我焦急表哥为什么不进城来时，表哥却托进城来的邻居给我带来了新米。望着散发着浓浓乡野气息的新米，我焦急的心情登时放松了下来。我发现自己其实更多关心的是保证自己身体健康的米，而不是有着亲情的表哥。但我也不能不问问我表哥为什么不进城来，这显得不近情理。我便问表哥的邻居，表哥为什么不进城来？

表哥的邻居有些惊讶地望着我说："你不知道啊？天天都有你们城里人往他家跑的，他哪有时间进城来啊！"

"什么？城里人往他家跑？干什么呀？"我被邻居的话闹糊涂了。

"干什么？长命百岁呗！"邻居说。

"长命百岁？上他家就能长命百岁？笑话！"我更加糊涂了。

邻居看看我，确信我真的不知道，便说："你表哥他们家有个祖传的神碗，这神碗装上水放一夜，第二天这碗里的水喝上一小口，人就能活一百岁的，啥病都不得，你们城里每天都老多人去喝的，去晚了还喝不到呢！那一碗水就能喝二十口，你第二十一个去都得等明天再喝的。"

我听得目瞪口呆。我早就听说乡下出现了能治百病、让人延年益寿的神水，我和同样追求健康的几个同事正想找时间去喝口神水呢，可我没想到拥有神水的人竟是我表哥。我心里突然对表哥有了一丝不快，疑问邻居："真的很有效果吗？"

邻居一脸深信不疑地说道："有，肯定有的，要不你们城里人怎么都去喝的。"

我精神振奋，忙问："那神水有一股药味吧？"

邻居摇摇头说："不知道，咱没喝过。神水可不是白喝的，喝一小口要好几十元钱的呢！"邻居显然舍不得花钱。

我嗤笑了一声表哥的邻居，是钱重要还是健康重要？不过我去喝神水，表哥他还能要我钱吗？我一刻也不能再等了，早喝神水就早一分健康啊！我立刻直奔表哥家。

来到表哥家，果然看到几个衣着鲜亮的城里人垂头丧气地从表哥家的院子里出来，见我下车，几个城里人唉声叹气地对我说："回去吧，明天再来吧，今天都喝完了，我们一大早就来了，还是没排上。"

我微笑着目送他们垂头丧气地离去。我回去干什么？这是我表哥家，我今晚就住他家了，明天起早我喝第一口神水，如果高兴我就把一碗神水都喝了呢！推门进屋，正坐在炕上数钱的表哥抬头见是我，一愣，说道："表弟你怎么来了？我让人给你捎米去了。"

我按压住心中的一丝不快，微笑着说："米我收到了。我来，也是想喝一口神水的。"

表哥又是一愣，随即跳下炕来，慌忙把门关上，回头对我说道："表弟，没有神水，你莫信的。"

我便觉得自己脸上的微笑在一点点紧缩，我说："表哥，我不白喝，也给钱。"

表哥脸腾地红了，在屋中央转了个圈，进了一间小屋，出来时手里拎着一个黑漆漆的碗。表哥把碗往我手里一塞说："这就是神碗，你看能出神水吗？"

拿着神碗左看右看，怎么看就是一个泥碗。我望望表哥。

表哥说："说来好笑，一个月前，几个城里人来检查秋收，走到咱这儿肚子突然就疼得受不了了，我一看就知是瓜果吃多了，就用咱这治肚子疼的土办法，喝草木灰水，可我一想你们城里人爱干净、怕脏，我就把多年不用的这个泥碗拿出来，用水冲了草木灰，这样也看不出太脏，给他们喝了。喝了不一会儿就好了，他们就问我喝的是什么，我信口说是祖传的神碗，他们喝的是神水。我也不知道他们回城后说什么了，没过几天，就不断有城里人来要喝神水，我说没有，他们就拿出钱来说买，我这也是见钱眼开，反正也喝不坏人，就顺水推舟地卖起了神水。"

表哥诚诚恳恳地对我说完，我一句话没说转身就走。表哥忙撵上我说："吃完饭再走吧！"

我对表哥说了一句话，表哥就不留我吃饭了，我说："你别忘了你就是个本本分分的老实农民，没念过几天书的种田人，而我，是一个有着大学文凭的人，你不好意思要我的钱、不想给我神水喝，也用不着编个故事来蒙我呀，你说这话，谁信啊！"

谁是领导

老张在机关门口处的值班室登记后，问跟自己年岁一样老的看门老李："谁是领导？"

老李迟疑了一下，而后笑了笑，手臂对着办公大楼划拉了一圈说："都是领导，除了我。"

老张就出了值班室，进了办公大楼。

老张不识字，即使识字，老张也不知道自己要反映的事情说给谁，老张咨询过许多人，许多人都对他说：反映给谁？谁都不好使，谁是领导反映给谁，好使。老张就来找领导，可老张不知谁是领导。

老张推开第一个门，屋里有四五个人，正在说笑呢。老张在门口站住了，一脚门里一脚门外的。老张看看几个人，几个人也转过头来看老张，但只看了一眼老张，就都把目光收了回去，接着说笑，好像老张从没在门口出现过或是已经离开了似的。老张就有些不知怎么办好了。老张的目光从一个人脸上挪到另一个人脸上，每个人的脸都是笑盈盈的，很开心的，但没有一个人把笑脸面对他。老张站了一会儿，鼓足了勇气，小心翼翼地问道："谁是领导？"也许是老张的声音太小，几个说笑的人没有听到，谁也没有理老张的话。老张又鼓了一把子勇气，提高了声音问道："谁是领导？"

这回几个说笑的人都听到了，听到了却没有谁理会老张，又都只搭望了一眼老张后，各自在座位上正襟危坐了，笑脸没有了，都板了一张很严肃的脸孔，或喝茶，或翻动着桌子上的纸张。老张看着几个人的笑脸变成了严肃的脸孔，心里不禁颤了一下。老张咬咬牙，抖动着声腔又一次问道："谁是领导？"

几个人相互对望了一眼，都把目光转到了老张的脸上，其中一个人对老张说道："领导能这么多人坐在一个屋里吗？"说完，几个人把目光从老张的脸上撤了回去。

老张明白了那个人说话的意思，就是说这里没有领导的。老张转身离开了。

老张又推开一个门，这个屋虽不大，但只有一个人。老张想，一个人坐一个屋的，该是领导了吧？老张忙笑着脸有些讨好地说道："您就是领导了吧？"

那人抬头望了一眼老张，说道："领导不在。"

老张一下子愣住了。老张缓了一下神说："您不是领导吗？"

那人面无表情地说道："我算什么领导，领导不在。"

老张心里刚刚蹿上来的一丝热气嗖地就跑了，老张问："那谁是领导啊？"

那人不抬头地说："领导不在。"

老张看看那人，看来自己再问几遍那人也就是这句话了，老张就退了出来。

老张又推开了一个门，这个屋子很大，也是一个人，正在打电话。老张看那打电话的人很有威严，老张想，这人一定是领导了。老张正要迈步进去，突然被人从身后拽住了，身后的人一使劲儿，就把老张拽开了，并立刻把门给关上了。老张看拽他的人，是说领导不在的那人。那人不高兴地说："你怎么乱闯呢？我不是告诉你领导不在了吗？"

老张望着被关死了的门说："他不是领导吗？我看像的。"

那人不高兴地说："看着像就是啊！领导不在的。"

老张说："那谁是领导啊？"

那人说:"领导不在的。你回去吧!"

老张说:"我的事还没说呢!我得找领导的,你不告诉我谁是领导,那我就自己找。"

老张在办公大楼里转了一圈,还是没有找到领导。

老张很沮丧,垂头丧气地走出了办公大楼。

老张出大门时觉得应该跟老李打声招呼,就又进了值班室。老张对老李说:"我走了。"

老李说:"事办好了?"

老张摇了一下头说:"没找到领导的。究竟谁是领导啊?"

老李说:"都是领导啊!你没跟人说你什么事吗?"

老张说:"也没人问我有什么事啊!我也不知道谁是领导的,说了有什么用。"

老李问:"你什么事啊?"

老张说:"我们居民楼那儿跑水,好几天了,也没人管,有人说这里主管的。"

老李叹了口气说:"这里是主管,可活儿得下面部门干的。"

老张说:"我知道,可下面部门不干。"

老李又叹了一声说:"真是没办法。我给他们打个电话,也许能蒙过去呢!居民楼跑水,谁受得了啊!"老李就拿起电话,拨通电话后,老李说:"我是局值班室,有居民来说……"老李放下电话兴奋地说:"行了,行了。他们说马上就去人修的,你快回家等着去吧!"

老张猛地抓住了老李的手,眼含热泪哽咽着说道:"找了一圈,谁都不是领导,你才是领导啊!"

我要告你的

同事把厂长想让陈伟下岗的消息告诉了陈伟,陈伟听了,不惊不讶,像是根本没他什么事儿似的笑笑,说了一句:"正好,我还要告他呢。"

同事们笑笑,也没当回事儿。一个小工人,即使厂长有问题,你又能抓住什么重要的证据。陈伟这么说,也就是听说要下岗撒火气罢了。

可事情并不是同事们所想的那样,陈伟还真的要告厂长的。有一天陈伟和同事们正好与厂长走了个碰头,陈伟竟然喊住了厂长,而且一本正经地对厂长说道:"厂长,我要告你的。"

同事们大惊失色,立刻躲瘟疫似的连忙跑开了,深怕被厂长认为是陈伟要告他的同谋。自此,同事们都有意躲避着陈伟。可人是躲开了,心并没有躲开,都支棱着耳朵,留心着陈伟什么时候告厂长呢。

留心的结果是,陈伟每次碰见厂长都会说那句话:"厂长,我要告你的。"陈伟每一次对厂长说那句话,厂长都不恼,甚至还微笑着,和蔼地对陈伟说:"可以呀。只要我有问题谁都可以告我的。"陈伟和厂长的每次对话都让同事们热血沸腾,心里甚至都盼望着一个结果,当然是两个结果中的一个:要么陈伟把厂长告下去,要么厂长把陈伟拿下去。

时间在一天天地往下走着,工人们既没有看到厂长被告下去,也没有看到陈伟被拿下去。倒是不断地有人下岗离开了工厂。慢慢地,便有人悟出了事理,厂长说让陈伟下岗,陈伟才要告厂长的,厂长便不要陈伟下岗了，原以为陈伟真的掌握着厂长的问题，以此来要挟厂长，而使厂长不敢让他下岗。可通过一段时间的观察和探询，陈伟好像并没真正地掌握着厂长的什么不法问题。如此看来，就是无中生有的要挟了。工人们就很气愤，私下里骂厂长瞎了眼睛，吓唬他的人他不让其下岗，倒把没对他不尊的下了岗，是什么道理。不行，得让厂长知道陈伟的真实面目和目的。于是便总有人跑到厂长那儿去揭发陈伟的丑恶面目。可每个去找厂长揭发陈伟的人都是一脸沮丧地回来，因为厂长对此什么态度也没有。工人们便闹不明白，厂长咋还真的被陈伟吓唬住了呢？

事情后来清楚了，厂长一次喝醉了酒道出了实情。厂长说："我还能不知他陈伟吓唬我。我不让他下岗，是因为我让他下岗，就会让人认为他要告我而我在打击报复他。陈伟这个做法，是有个作家写过的一篇小说里的法子，陈伟一定看过的，学用了。"陪着喝酒的人便说："既然知道，更应该让他下岗了。"厂长说："小说来源于生活嘛，是生活的真实再现，我做了，就真会有许多人认为我在打击报复他呢。"陪酒的人想想，还真是这么回事。厂长又说："其实也不光是这，还有一个原因，想想，现在当领导的，要是没人告，还是个干工作的领导吗？干工作哪有不得罪人的呢。从这点上说，我还得谢谢陈伟他要告我呢。"

厂长的这番酒后肺腑之言，很快便在工人们中间传开了。许多人细细品咂，还真的就是那么回事。是那么回事就不能放在心里了，便有许多害怕下岗的人开始学用行动了。一段时间内，厂子里便总有工人在碰到厂长或直接找到厂长说："我要告你的。"

厂长一开始还笑的，慢慢地，说要告他的人多了，便不笑了。一天，一个很惊人的消息在厂子里炸开了：厂长去自首了，交代了很严重的经济问题。

包括陈伟在内的工人们知道后，震惊地说道："想不到，厂长还真有问题呀！"

生　日

　　儿子儿媳、女儿女婿都回来了。他们进屋，空荡荡的屋子立刻有了温暖的气息。可他们找遍了每个房间，也没有看到他们的老父亲。母亲已经去世好几年了，家里只有老父亲独住，还有一只叫灵儿的小狗。灵儿是女儿买回来给父亲做伴解闷的。他们都很忙，忙工作，也忙着交朋会友，忙得一个月也难得回老父亲这儿一趟。可今天是老父亲的生日。本来他们也是忘记了的，是女儿单位的一个同事今天过生日叫女儿去，女儿才想起来今天也是老父亲的生日，就赶忙打电话告知其他人一起回来了。尽管回来得晚了些，但他们终究是回来了，老父亲看见他们回来一定会很高兴的。

　　可这么晚了老父亲不在家，去哪里了呢？

　　他们想老父亲会很快回来的，因为灵儿在家，如果父亲要走很远，不会把灵儿扔在家的。灵儿在家，就说明父亲没有走远。父亲一定是去买他们喜欢吃的东西去了。他们每回回来，父亲都要去买一大堆他们喜欢吃的东西，今天是父亲的生日，父亲想他们一定是要回来的，他们想。于是他们支起了麻将桌，玩着麻将等父亲回来，他们可不愿意干坐着，很没意思的。如果不玩他们不知做什么，他们每回回来都不知做什么，好像就是一个吃，吃父亲给他们精心准备的他们喜欢吃的东西。灵儿在他们的脚下钻来钻去，不是温柔地蹭着他们的腿脚，而是有些不满地撞击着他们。他们不断地用脚把灵儿踹开，把麻将牌洗得哗哗响，把他们开心的笑声扔到屋子的各个角落。

四圈麻将打完了，老父亲还没有回来。他们的心情就不是很好了，不断地看表，肚子也开始咕咕地叫。他们觉得老父亲出去买东西的时间太长久了。也许，要买得多一些，时间自然要用得长一些，毕竟他们每个人的口味都不同。好饭不怕晚，等着吧。他们笑着相互说道。又打了一圈牌后，他们想到了一个问题，老父亲到现在不回来，是不是买的东西太多，拿不回来了。于是，儿子和女婿起身出去了，但儿子和女婿很快就回来了，他们脸色沮丧有些气恼地说，父亲根本就没在附近买东西。

他们的老父亲哪里去了呢？

他们想了好一阵子也没有想出老父亲应该去了哪里。他们根本就不知道老父亲平常都去哪里。他们最后把目光一同射向了灵儿。灵儿已躲开了他们，正静静地卧在沙发上，闭着眼睛看也不看他们，像是睡着了。他们过来，拍了拍灵儿的脑袋，灵儿睁开了眼睛。他们问灵儿父亲去了哪里。他们相信灵儿一定知道老父亲去了哪里的。灵儿望着他们，目光幽幽，不动也不叫。女儿跑进厨房翻出一根火腿肠，剥了皮送到灵儿的嘴边。灵儿张口吃了，几口就吃完了，看来灵儿也饿了。可灵儿吃了火腿肠后，还是不叫也不动。他们就恼了，骂灵儿，你这个狗东西，吃了还不肯带我们去找。灵儿又垂下了眼帘，不理他们的骂。他们没有办法，只好又回到麻将桌上，有气无力有心无意地摸着牌，满脸都是怨气。

他们懊恼着，他们没有注意到灵儿已经悄无声息地溜下了沙发，跑出了家门。灵儿跑出家门转过两道街，钻进了一户人家。在同老主人家一样空旷的屋子里，灵儿看到它的老主人正和一个同样年纪的老女人面对面地坐在一张桌子前，桌子上燃着蜡烛，一个蛋糕已经切开了，老主人和老女人的嘴角都挂着一层白色的奶油，俩人脸上的微笑在烛光的辉映下很灿烂。

灵儿轻轻地叫了一声。灵儿有些不忍心打搅他们。

老主人看了一眼灵儿，缓缓地站起身来，歉疚地对老女人说道："我该回去了，他们回来了。谢谢你的生日蛋糕。"

老女人微笑着,苍老的脸上有一丝幸福的红晕。

出了老女人的家门,老主人问灵儿:"他们才来吗?"灵儿不叫。老主人说:"那就不是了。灵儿,你是想让我在这儿多呆一会儿呀!真是难为你了。"

灵儿欢快地冲着老主人叫了一声。又回转身冲着老女人的家叫了一声。

老主人的眼睛慢慢地蒙上了一层雾水。

谁是贼

老伴从外面回来，开门进屋，问老张："门口的那两棵白菜你拿进来了？"

老张说："没有哇！一直在门口放着呢！"

老伴就哀叹一声说："那就是丢了。"

"什么？"老张慌忙地开门去看，放在门外的两棵大白菜真的没有了。这两棵大白菜是老张特意从一个乡下来城里卖菜的菜农手里买的，说是没上化肥的绿色蔬菜呢。老伴就爱吃大白菜的。老张买回这两棵大白菜时，正好女儿打来电话，让老伴去住两天，帮着照看一下外孙子，女儿这两天十分忙。老伴看看老张特意给她买的大白菜，很高兴，也很感动，对老张说："老张，这辈子跟你我不亏。大白菜等我回来吃吧。"

老伴的话让老张很受用，老张说："给你买的，当然得等你回来吃。"室内温度高，湿度又大，老张就把两棵大白菜用纸裹了，放在门外。老张把白菜放在门外时，没有想到白菜会丢的。老伴也没有想到，因为平时买回来的菜吃不了就放在门外，从来都没有丢过的。楼里的住户大都是这么做的，也没听说谁家放在门外的东西丢了。

可是，老张放在门外的两棵大白菜丢了。老张很是气愤，这两棵大白菜可是老张特意买给爱吃大白菜的老伴的。老张气恼恼地在屋里转了几圈后，说："不行，我得去报案。"

老伴忙说:"就两棵白菜报什么案呢?多大个事啊!得了吧!"老伴知道老张这么气愤是因为自己没有吃到大白菜。那两棵大白菜不单是两棵蔬菜,还是老张的一份心呢。可现在两棵大白菜丢了,老张就觉得对老伴的一份心意也丢了,老张怎能不恼。老伴过来要扶老张坐下,老伴说:"就当那两棵大白菜我吃了。"老张一甩手摆脱了老伴来扶他的手,说:"你哪里吃了?是让贼给吃了。不行,我得去报案。"老张开门就出去了。

老张找到负责自己居住区域的民警小张,老张对小张说:"我报案,我放在门口的两棵大白菜丢了。"

小张看看气哼哼的老张,给老张倒了杯水说:"您消消气,就两棵白菜,丢了就丢了,至于气成这样吗?"

老张说:"那是我特意给老伴买的大白菜呀!我老伴最爱吃大白菜了,我老伴还没吃呢,就让贼给偷去了。"

小张笑笑说:"再买两棵不就得了,也不值几个钱的。"

老张就冲小张瞪了眼睛,老张说:"是再买两棵白菜那么简单的问题吗?是不值几个钱的问题吗?这是偷窃,是犯罪行为。你是不是警察?你是不是有责任保护我们的财产不受损害?现在我的东西丢了,你竟然说出这种话,你还是人民警察吗?"

老张这么一席怒气冲冲的话,把小张说蒙了。小张忙说:"是我错了,是我错了,我立刻开始调查,尽快把窃贼找出来。"

老张吁了一口气说:"这还像是一个人民警察说的话。窃贼今天能偷我家两棵白菜,你不把他找出来,明天他就可能开了我家的门偷别的。你说对不对?"

小张不住点头说:"对,对。大盗也是从小偷小摸做出来的,咱这儿不能隐藏着一个贼,真的哪天挖了谁家的门,我责任可就大了。谢谢您的提醒啊!您老先回去,我这就着手查。"

老张很满意小张的话,高兴地回来了。

老张这天遛早时碰到了对门的老李,老张埋怨老李说:"你这两天遛早怎么不叫我了呢？"老李每天遛早都要喊老张一起走的。

老李看看老张说："你家丢了两棵大白菜？"

老张说："是啊！咱这楼里有贼的，不把他揪出来还得了？说不上哪天就挖了你我家的门呢！"

老李脸色沉沉地说："我家没什么金贵的，要挖就来挖吧！"说完，不等老张说话，甩下老张快步走了。

老张喊老李："这是怎么了？谁惹你了？"老李不回声，只顾走去。老张望着老李的背影就有些愣怔。

老张看到住在楼下的老赵正在和人下棋，老张走过去对老赵说："老赵，跟别人下上了，怎么不喊我下棋了？"

老赵抬头看了一眼老张，眼睛又落在棋盘上，不冷不热地说："怕你没时间啊！你家不是丢东西了吗？查到是谁偷的了吗？查到了可别忘了告诉我一声啊！"

老张一怔，吧嗒吧嗒老赵的话，转身缓缓地走开了。

老张回到家，发现老伴在抹眼泪。老张问老伴："怎么了？哭什么呀？"

老伴没好气地对老张说："怎么了，怎么了，你说怎么了？不让你报案，你非得报案，两棵白菜你报什么案啊！闹得整个楼里的人都不得安生，还像防贼似的躲闪着咱们。"

老张就慌忙地来找民警小张。一照面，小张便对老张说："您老别着急，我正在逐户调查呢，会找到线索的。"

老张说："别查了……"

小张说："不查怎行，谁是贼还没查出来呢！"

老张急急地说："真的别查了……"

小张说："偷两棵白菜是小了些，但这也是犯罪呀！以小见大，小案件不打就会逐渐变成大案件的。因此，这个案件不能不查，我一定要把贼找出来，既是对您有个交代，也是对整个楼区住户负责，更是我这个警察义不容辞的责任。"

老张哭腔着说:"小张,我求求你,真的别查了。"
小张一脸疑惑地看着老张:"为什么?"
老张的眼泪就下来了,老张说:"我和我老伴都成贼了啊!"

名牌西装

大江的老婆去广州姨家走亲戚,回来时给大江带回一套价值五千多元的名牌西装,是老婆姨夫的,但只穿过一回,跟新的没区别。西装带回来,大江见了,心里高兴得不得了,却不敢穿,在衣柜里放了半个月后,被老婆连讥讽带挖苦一顿骂,才不得不穿上了这套名牌西装。

穿着名牌西装的大江走在上班的路上就感觉浑身不自在,如芒刺背,总觉得路上行人的目光都射向他。其实,路上的行人都匆忙走路,根本没看大江的名牌西装。但大江就是感觉身上热得不行,到单位时,大江的衬衣都湿透了。

大江贼似的不声不响悄悄地走进办公室,又蹑手蹑脚地走到自己的办公桌前坐下,连拽椅子都小心翼翼的,生怕弄出响动来。还好,办公室里所有的人都在低头忙着自己的事,谁也没有注意大江进屋。大江长出了一口气,伸手去抓水杯。

"哎呀,妈呦!款了!"突然一声尖利的女高音,是坐在大江对面的赵红一声惊喊。这一声叫让大江一哆嗦,刚抓到手里的水杯差点没扔出去。大江心里一惊,心说坏了,赵红这声惊叫一定是冲自己身上的这套名牌西装发出来的。赵红的一声惊叫,把办公室里所有的人都喊得抬起了头,都往大江这边张望着。赵红从她的办公桌前一闪,蹿到了大江的身边,两眼发光地盯着大江的西装,不住声地叫着:"款了,款了,大江够款的了。"边说边用手去摸大江的西装，小心翼翼怕扎手的样子。她的这一举动让所有人的目光都落在了大江的身上，同事们才发现大江今天穿了一身很板正的西装。一男同事说："得几百块吧？"赵红嘴一撇："老土不是，几百块买只袖子吧！你看看是什么牌子的？没三千五千的下不来。""啊！"办公室里所有的人都张大了嘴巴，快赶一个人半年的工资了。几个女同事过来，摸摸大江的西装说："就是名牌啊！看这手感，多好。"大江的身上痒得不得了，直起鸡皮疙瘩。男同事没人过来，但大江看得出他们的眼睛里明显有了一种羡慕和嫉妒混合的东西。

几个女同事摸够了看够了，坐回去就开始唠上了西装，从西装一直唠到广州，既羡慕又感叹自己广州没亲戚的。大江听着女同事们热烈的讨论，看着男同事们复杂的眼神，如坐针毡，大汗淋漓。就大江的西装拉扯了一上午，快下班时赵红突然提议："大江这么款了，中午大江该请客。"这个提议一出，众口一声地赞同。大江脸红了，大江不好意思地说："自己兜没多少钱的。"赵红说："这好办，你打个五百元钱借条，我到财会那儿给你借去，等发工资时扣下就行了。"大江有些心疼，但大江又不能说不请，不请就会让同事们讲究死的，心里就恨老婆，拿回来这么个名牌西装干什么，不能当饭吃，还得搭钱。大江只好点头说："好，我请。"众人就喜笑颜开地说："大江款式！"

一顿饭吃下来，五百元钱只剩下了十元，大江捏着找回来的十元钱，心里酸酸的，脸上还得满是笑。出了饭店，同事们四下散了，大江往家走，半路上被一个小乞丐拦住了。小乞丐也就十多岁，看到过来的大江，眼睛一亮忙跑过来挡住大江的去路，伸着一只脏兮兮的小手，目光焦渴地望着大江。大江望着小乞丐充满渴望的眼神，心里震动了一下，一咬牙，把吃饭剩下的十元钱掏了出来，递到小乞丐黑黑的手里。小乞丐接过十元钱，望了望大江，神情大失所望，用一种鄙夷的目光白了大江一眼，往地上呸地吐了一口说："这个大款爷，就给这几毛，抠门儿。"说完，把十元钱往兜里一塞，扭着屁股走了。

大江一下子愣住了。大江小跑着奔回家。进了家门,大江一把从身上扒下名牌西装,狠狠地摔在老婆的身上说:"你带回来的是什么破西装啊?"

绑　架

老张被绑架了。

老张没有想到自己会被绑架的，等想到自己是有可能被绑架时，老张已经被绑架了。老张被蒙着眼睛，不知道自己被拉扯到了什么地方，也不知道绑架者的模样。老张是在城边经常散步的小树林中，被身后突然扑上来的两个绑架者摔倒并迅速地蒙上了眼睛。

为什么老张想到自己是有可能被绑架的呢？因为老张的儿子有钱了，有了十万元的。老张的儿子被迫一次性买断工龄，与单位永远地告别了，因此突然间就有了十万元。绑架者之所以绑架老张，一定是冲着老张儿子刚到手的这十万元钱来的。谁都知道，老张的儿子是有名的孝子，对老张一百个孝心的，如果让他拿这十万元钱来救老张，他一定会痛痛快快地用钱换老张回去的。

一个绑架者给老张的儿子打电话，老张看不见，但听得出绑架者的声音虽然凶恶，但透着一股稚嫩。看来绑架者年纪不是很大，这让老张心里有些悲凉，小小年纪就不学好，再大些可怎么得了呢？绑架者对老张的儿子说："如果想要你爹活命，就把十万元钱拿来。不准报警，报警就撕票。"

老张听不到电话里儿子说什么，老张心里很着急，努力地竖起耳朵听。绑架者说完要钱的几句话后，停顿了一下后说道："好，知道就好，我们是图财不图命，只要得到钱，你爹立刻就能回家了。"

老张连忙挣扎着说道："我想跟我儿子说话。"

打电话的绑架者犹豫了一下，还是走了过来，对老张说道："告诉你没事的，让他快把钱准备好。"说着，把电话贴到老张的耳朵上。

老张听到了儿子焦急地呼叫声，老张的心里忍不住酸了一下，努力地对儿子说道："你听清楚了，按我说的做，看好小文，把钱给小文留着，不要管我。"小文是老张的孙子。

电话嗖地闪离了老张的耳朵，绑架者气急败坏地对电话那边老张的儿子喊道："你真不管，我就杀了他。"片刻，绑架者的声音平缓了，说："好，你自己带钱过来，如果把警察带来，你爹同样活不了。"显然，老张的儿子并没有按老张说的做，而是答应带钱来赎老张。

老张猛地跳起来，大喊道："不能带钱来赎我，把钱留给小文的，听没听到？"什么也看不见的老张又蹦又跳地喊叫着。

老张被绑架者拽坐在了地上。打电话的绑架者连忙关上了电话，对老张说道："你喊破喉咙也没用，你儿子已经取钱去了，马上就把钱送来，等钱一到，你就可以回家了。"

老张不喊了。

过了一会儿，绑架者的电话响了，绑架者打开电话，开始指引着老张的儿子往这里赶来。老张突然又蹿了起来，寻着绑架者通话的声音冲了过去，并大声喊道："你不要拿钱来赎我，把钱留给小文，我现在就撞死的。"老张无头苍蝇似的拼命乱撞起来。

老张很快被绑架者按在地上，嘴被塞上了东西，腿也被捆上了。老张急得扭动着身体，闷闷地哼叫着。老张恨自己没有撞死。

突然一片脚步杂沓的混乱，还有威严地喝声，几下撕扯声后，老张被人扶了起来，绳子松开了，嘴里的东西被掏出去，眼睛上的蒙布揭开了，老张看到了儿子站在眼前，还有几个警察，老张知道自己被解救了。儿子报了警，十万元钱保住了。

心喜的老张没有看到站在面前的儿子欣喜，却看到了儿子痛苦万分的面孔。老张随着儿子痛苦的面孔转向了被抓获的绑架者，老张惊呆了，绑架者中的一个竟是老张的孙子小文。小文目光惊恐地望着老张和老张身边的警察，哆嗦着。

老张身体一晃，一下跌坐在地。

儿子蹲下身，犹豫了一下，小声说道："爸，只要你对警察说你和小文他俩是玩游戏的，小文就没事了。"

老张望着儿子殷切的目光，缓缓地站起身来，对警察说道："就是他们俩绑架我的，我跟你们去录证。"

儿子痛苦地叫了一声："他是你孙子呀！你宁可死都要把钱留给他的呀！"

老张伸手拍了拍自己的胸膛，毅然向警车走去。

把门狗

乡里规定不准养狗。

乡长家却养起了狗。这就让许许多多喜爱养狗的人不平，也看到了养狗的希望。派出所于所长心急得不得了，好不容易才把乡里的狗都灭绝了，这乡长咋还养起狗来了呢？

于所长就去了乡长家。

乡长家的狗就拴在大门口，牛犊子似的一条狗，乍乍毛凶凶地看着于所长走过来。于所长胆突突地走近大门口，那牛犊子似的狗却目光温顺地望着他，不吼也不叫，竟然闪开了大门口，让于所长顺顺当当就进了大门。进了乡长家的屋，于所长不开口乡长也知道于所长因何而来，乡长苦着脸长叹一声，说道："我养这狗，也是被逼无奈呀！"

于所长不解地望着乡长，不知乡长咋个被逼无奈养了这条狗。

乡长没说咋个被逼无奈，而是吩咐于所长说："你去商店帮我买两瓶酒和两条烟回来吧。"

于所长就去商店买了烟和酒，拎着回来。于所长拎着烟和酒走到乡长家的大门口时，那牛犊子似的狗突然嗷地一声就朝于所长扑了过来，要不是被铁链子拽着，早把于所长扑倒了。虽然没扑到于所长，但那狗跟刚才于所长来时已是判若两狗，此时的狗把铁链子挣得哗哗响，呲着白森森的牙，横立在大门口正中，瞧那样子是决然不能让于所长过去了。

于所长早已被牛犊子似的狗的突然举动吓出了一身冷汗，哪还敢再往前迈上半步。

乡长在院里对于所长喊道："你把东西放下。"

于所长就把东西放下了。东西一放下，那狗立刻不吼不叫，也不呲牙了，还冲于所长摇了摇尾巴。

乡长又喊道："你可以进来了。别拿东西。"

于所长就不拿东西，盯着那狗往前走，害怕那狗再突然扑上来，可那狗竟然转身走到了大门旁卧下了，看都不看于所长一眼，任凭空着两手的于所长大摇大摆地走进了大门。

又进得乡长家的于所长激动地握着乡长的手说："真是难为您了，乡长，这狗您养着吧！"

再有想养狗的人来找于所长，掰扯乡长家的狗时，于所长就问："有人给你送礼吗？给你送礼你不想收吗？"来人摇头说："咱一个平头百姓，谁能给咱送礼，咱就是想收还不是没处收吗？"于所长就点头说："这就结了，你养狗干什么？乡长家的狗，是专门养给想给乡长送礼人的把门狗。"

人们就知道乡长家养的是一条拒礼清廉的把门狗。乡长真是一个为官清正的好官啊。

可没过多久，乡长突然被纪检委找去谈话，谈话后没再回来，但回来了消息，乡长被双规了。很快，乡里人就都知道乡长受贿收了很多的钱。钱装在兜里，不用拎着进乡长家大门的，乡长家的把门狗是看不出来的。

乡里人就恨恨地骂道："这狗官，白养了一条好狗啊！"

谁的孩子

张明出差回来，在出站口被孩子拉住了。孩子也就七八岁的样子，瘦瘦的，因为瘦，脏兮兮的小脸上就突显着一双大眼睛。孩子的眼睛像湖面，水汪汪地望着张明。张明就被孩子的眼睛一下打动了，把心打得酸酸。张明毫不犹豫地从兜里掏出十元钱，递给孩子。

看到钱，孩子的眼睛刷地闪亮了一下，也仅仅是闪了一下，目光就从钱上迅速地跑到张明的脸上，张明就看到孩子像湖面一样的眼睛起了波浪，接着便汹涌了，泪水像两条洪流，顷刻便把孩子脏脏的小脸冲刷出了两道白色路面来。孩子扯着张明的手没接钱，而是更加紧紧地扯着张明。

孩子的泪水和紧紧扯着他的模样一下子就让张明心软得不行。张明想起了自己像孩子这么大时，有一回跟父亲赶集走散了，自己也是这么扯住一位叔叔的衣服，直到被扯住衣服的叔叔把他送到父亲面前才松开。张明把钱收起来，看来这个孩子不是个小乞丐。张明蹲下身子问孩子："是找不到爸爸妈妈了吗？"

孩子不说话，泪水流得更欢了。张明忙扯住孩子的手说："不哭，不哭了，叔叔帮你找爸爸妈妈。"说着，张明扯着孩子进了车站。找到站长，张明请求站长广播寻找一下孩子的父母。站长看看孩子，问孩子："爸爸妈妈叫什么？什么时候走散的？"

孩子不说话，刚刚有些停止流淌了的泪水又涌了出来。张明连忙哄道:"别哭,别哭,告诉叔叔,爸爸妈妈叫什么?很快就能找到爸爸妈妈了。"孩子伸手抹了一下眼泪,哽咽着说道:"我没爸爸的,妈妈不知道哪儿去了。"张明的心里倏地一下,孩子是被遗弃了啊!

张明就有些不知怎么办好了,望着站长,站长后退一步说道:"孩子不能留在这儿的,哪天都有被遗弃的孩子,都留在这儿,车站就成托儿所了。"

站长的话没说完,孩子的手突然就死死地又抓住了张明的衣服,目光惊恐地望着张明。张明心里就刺痛了一下,抓住孩子的手说:"走,我们回家。"

张明把孩子带回了家。

一进家门,张明的妻子一眼便看见了跟在张明身后的孩子,有些惊异地问道:"谁的孩子?"

张明把孩子拉到前面,往妻子跟前推了一下说:"叫阿姨。在车站捡的。"妻子就慌乱地后退了一步,惊讶地叫道:"在车站捡的?你在车站捡个孩子回来?"

张明不理会妻子的惊讶,让孩子脱了鞋,把孩子领进了卫生间。不一会儿,孩子便干干净净地出来了。张明又找出一套女儿穿过的衣服,给孩子穿上,孩子就完全清爽了,只是眼睛里还流露着对这个家和女主人的恐慌。妻子一直在看着张明忙碌着孩子,脸色阴沉,在张明给孩子拿吃的时候,妻子突然冷冷地说道:"张明,你说实话吧,这孩子是你的吧?"

张明怔了一下,望望脸色阴青的妻子笑了,摇头说:"你呀,疑神疑鬼的,真是我在车站捡的孩子,当时他扯住我的衣服,太可怜了……"

"可怜的是我……"妻子突然怒喊一声,随喊声而出的还有泪水。妻子哭喊道:"可怜我这么多年一心一意侍候你,你还在外边养女人生孩子。"

女人的怒喊吓得孩子嗖地一下钻到了张明的身后。张明不高兴地说道:"你喊什么呀?我在外边养什么女人孩子了?"

妻子哭叫道:"你别不承认了,你自己看看,这孩子跟你长得是不是一样？"张明就转身看孩子，他还真没注意孩子跟自己长得像不像。这一看，张明吓了一跳，孩子长得还真像他，跟他小时候的模样差不多。张明的心里便有些冷飕飕的，忙对妻子说："像就是啊？人与人长得像的多了。你不要瞎说好不好，这孩子真是我在车站捡的，不信你问孩子。"张明把孩子拽到前面，对孩子说："告诉阿姨，我是不是在车站把你捡回来的？"

孩子不说话，泪珠啪啪地往下掉，挣扎着往张明的身后躲。妻子冷笑两声，抹了泪水说："你不用让孩子说，你事先都告诉好了让孩子怎么说的，还说什么呀！你光把孩子领回来干什么呀，把孩子他妈也领回来呀！我和闺女给她们母子俩倒地方。"妻子说完，跑进卧室，没等张明回过神追进去，妻子已拿着衣服又跑出来，打开房门，跑了出去。

没多久，电话响了，拿起电话，是女儿的，女儿口气怨恨地在电话里质问张明："你给我弄了个弟弟回来？你怕我这个女儿不养老啊？"张明知道妻子一定是跑到女儿家去了。没等张明开口说话，女儿的电话啪地挂掉了。张明望着一直惊看望着他的孩子，心里一阵阵寒意。

张明带着孩子来到单位，张明不能也不敢把孩子一个人扔在家里。一进单位，同事们看看张明身边的孩子，然后拍拍张明的肩膀，意味深长地说道："老张，行啊！"张明就知道自己捡孩子的事已成了沾在自己身上的一块屎了。刚进办公室，领导就打电话来，让张明过去一趟。张明把孩子交给同事，赶紧跑到领导办公室。领导一见张明，沉着脸说道："你呀，糊涂，怎么能把孩子领回来呢？影响多不好啊……"

张明脑袋嗡嗡的，解释领导也不会信的，忙跟领导请假说："我会把孩子送走的。"

张明领着孩子回到乡下的父母家。一进院门，已七十多岁的父母跑出来，一人扯住孩子的一只手．高兴地说道："老张家有后了。"张明眼前一黑，忙说："爸，妈，这不是我的孩子，是我捡的。"张明爹眼一瞪说："跟媳妇这么说，跟爹妈还用这么说？这么着，把孩子留在我们这儿，你回去吧！"

张明扯起孩子就走。张明说:"不行,我必须把自己洗清的,这孩子不是我的,我领他去做亲子鉴定,证明给你们看。"

孩子猛地挣脱了张明的手,孩子望着张明说:"所有人都认定我是你儿子的,怎么就你还不认呢?你脑袋没毛病吧?"

谁陪着

小张大学毕业进了局机关，被局长相中，选为局长秘书。局长秘书除了给局长写讲话外，还负责上级来人安排事宜，也就是安排谁陪上级来人。小张写写讲话还行，搞安排接待却是门外汉，好在小张虚心好学，又深得局长厚爱，在局长的亲自指点下，不多时日，也便把上级来人由谁陪着的工作做得稳稳妥妥。

如果上级来人是一般科室工作人员，那么小张就会请业务相对应的分管副局长相陪。如果上级来人是副局长，小张就要请局长来陪。如果是上级的局长来了，局长相陪是自然的，小张就还要提醒局长请本地副职或正职的地方长官来陪，总之，陪同人员要比上级所来之人高出半个级别，这样才能体现出下级对上级的高度重视。小张安排了几回陪同接待后，深刻感受到了机关接待工作的博大精深，同时，也倍感失落，暗自叹息，按这种陪同接待方式，作为一个普通工作人员的他，怕是没有机会也没有能够相陪的上级来人了。如果有，那么上级来人他能够相陪的，怕也就是上级机关里的通讯员和清洁工了，可是，通讯员和清洁工又怎么可能下来检查呢！

就在小张暗自叹息自己无可陪机会时，星期六这天一早，局长把小张喊了过去，让小张去陪个人。局长对小张说："我父亲要来，我爱人又出差了，家里没人，一会儿你去车站把他接到局招待所，这两天你陪着他。"

小张心里很高兴,终于有机会陪人了,虽然不是上级来人,可来人是局长父亲啊。按情按理都应该是局长相陪的,小张就说:"我把老人家接到招待所,您什么时候过来,我什么时候走。"

局长脸色为难地说:"你就陪着吧。我有个重要的客人这两天要陪着,怕是很难抽出时间来。"

小张知道局长父亲是从百里外的农村来的,年岁大了来一次不容易,有些于心不忍地说:"老人家来了见不到您怕是……"

局长挥挥手,制止小张说下去,局长说:"你去吧,我尽量找点时间。"

小张便出来了。小张到车站把局长的父亲——一个满脸沧桑一看就是个终日在田地里劳作的老人——接到了局招待所。望着老人褶皱纵横的面容,虽然是第一次陪客人,小张心里却一点也高兴不起来。局招待所准备的饭菜虽然十分丰盛,但老人也没有吃多少。吃完饭,老人又一次已是下车后第N次地问小张:"我儿子呢,怎么还不来呢?"

小张忙说:"局长忙,非常的忙,等他有时间他一定会过来的。"

老人忙摇头说:"让他忙,让他忙,他忙是正事,我没什么事,就是有些想他了。"老人不好意思地嘿嘿笑了两声说:"这人越老,还越是想儿念女的。"

一直到天黑,局长也没过来。老人走来走去,眼睛不时地瞄向门口。小张想带老人去逛逛街、看看夜景,老人不干,老人说:"有啥看头,不去了。"

小张知道老人怕自己去看夜景时,万一儿子来了见不到他。小张就出来偷偷给局长打电话,可怎么也打不通,局长把手机关了。小张叹了口气,转回房间对老人说:"局长还在忙,让您老先休息,如果今天过不来,明早过来看您。"小张对老人撒着谎,心里酸溜溜的。

老人的目光黯淡了下来,问小张:"你们局长胖了还是瘦了啊?我有两年多没见到他了。"

小张心中一惊，说："这么长时间了？"

老人说："可不，他当上局长后我就没见过他，我知道，他大小是个领导的，一定忙得很，我不能影响他工作的。"

小张眼睛有些潮湿地说："局长这人要强，工作不落后，才忙得没时间回去看您。"

老人笑笑，自豪地说道："我真是做梦都没想过他能当局长，他这人胆弱着呢，上大学时我送他到学校，早到了一天，宿舍就来了他一个人，他愣是害怕得让我陪他在宿舍里住了一晚上。呵呵，没想到现在能当局长。"

小张忙偷抹了一下溢出的泪水，有些哽咽着说道："我陪您老在这儿住一宿吧，局长他明天一定会来的。"

第二天吃过早饭，局长还是没来，老人哀伤地说道："官身不由己，自古忠孝难两全，我该回去了，家里的活儿撂不下的！"

小张忙说："再等等，局长怕是一会儿就来了。"

老人摇摇头说："他那么忙，算了，放了正事不做来看我，我还不答应呢！再说，我也没什么事，就是想他了，跑来看看。"老人有些语噎。

小张把老人扶坐在沙发里说："您老再等一会儿，我这就去看看局长忙完了没有。"不等老人说话，小张已飞快地跑了出去。

小张飞快地跑回局里，局长没在办公室。小张就开始打电话，认为局长可能去的地方都问遍了，也没找到局长。小张正心里为老人酸楚得不知该怎么办呢，电话响了，小张接起一听，是局长夫人的电话，局长夫人问小张："你们局长呢？"

小张说："陪客人呢，不知道去哪儿了。"

局长夫人说："你赶紧找一个修门锁的，我们家的防盗门坏了，打不开了。"小张就知道局长夫人出差提前回来了，慌忙叫了一个修门锁的来到局长家。门打开后，小张竟然看见了怎么也找不到的局长，还有一个显然比局长夫人年轻了许多的漂亮女人。局长惊恐地哆嗦着。看着哆嗦着的局长，小张突然想起了局长父亲昨晚说过的一句话：局长从小胆弱的。

小张看着局长夫人嚎叫着冲向局长和那个年轻女人，小张顾不得脸色苍白哆嗦着的局长，转身飞快地向招待所跑去。

谁有病

儿子小张被任命为县长那天，老张很高兴，高兴的老张吩咐老伴炒了两个儿子爱吃的菜，又找出珍藏多年的一瓶好酒，准备跟儿子喝一杯。老张给小张打电话，才知道当了县长的儿子这工夫根本没时间回来跟他喝一杯。小张回不来，老张也不恼，老张在电话里叮嘱小张要少喝酒多做事，要对得起自己的职位，不可滥用职权，多想着老百姓……小张先是哼哼着答应，后看老张叮嘱起来没完，就说自己开会呢。老张忙撂了电话，不能耽误儿子开会的，儿子是县长了，开会研究的必是关乎全县的大事。

小张没回来，老张也高兴地自斟自饮了一杯。老伴不让老张喝，因为老张有结肠炎，最怕喝酒。老张对老伴说："这杯就是替儿子喝的，不是我喝的，没事。"老伴也不忍拂了老张的高兴劲儿，就许了老张喝一杯酒。

老张喝了一杯酒，半夜里就肚子疼，正是喝酒喝犯了结肠炎。老张肚子疼得哼哼着，一趟趟上厕所，老伴有些心疼，要给小张打电话，来把老张弄医院去。老张不让，老张说："别折腾儿子了，儿子一天下来有多累呀，让他好好休息。我这老毛病的，死不了，天亮咱俩去医院就行了。"

天亮后，老伴扶着老张去了医院。李医生认识老张，李医生经常给老张看病的。可今天李医生不给老张看病，而是忙着把老张往院长室扶。李医生说："院长是咱医院里医术最好的。"

老张有些受宠若惊地说:"不用,不用,我这就是结肠炎的,喝了一杯酒就闹开了,你给瞧着开点药就行。"

李医生坚持把老张往院长室扶,李医生紧张地说:"那可不行,您老的病必须得院长瞧,我这医术实在是有限的。"

老张不动,老张说:"不用,真的不用,以往有病都是你看的,我这病你也知道,你开药就行了。"

李医生看老张坚持不去院长室,就抄起电话给院长打了电话,院长立刻来了。院长听了老张的病症后,微笑着说:"检查一下。"

老张摇头说:"不用检查,我这病我知道,就是结肠炎犯了,没别的毛病。"

院长说:"还是要检查一下的,如果是结肠炎犯了,也能知道有多重,好对症下药啊!"

院长这么说,老张就不好坚持不检查了。老张说:"那就检查一下吧!开检验单吧。"

李医生望望院长,院长说:"不用开了,我陪您去检查。"

老张说:"不开检验单怎么检查啊?开检验单吧。"

院长说:"真不用开,我领您去就行的。"院长不等老张再说,扶起老张去了检验室。

来到检验室门口,老张望望排着长队等着检验的人说:"得排队的。"

院长说:"您不用排队的,您进去检查就行了。"

老张说:"那怎么行呢?怎么得有个先来后到吧!"

院长把老张硬扶进检验室说:"您老太认真了。您老检查吧!"

老张有些不高兴地说:"我怎么就能搞特殊呢!"

院长脸有些红,说:"不是您老搞特殊,是您老的病比较急,要先检查治疗的。"

老张往门外望了一眼说:"外面排着的那些人就不急吗?"

院长望了一眼负责检查的医生,检查医生就忙过来把老张往仪器上扶，说："他们的病都没有您的急，所以您得先检查。"

老张很快检查完了。老张除了结肠炎什么病也没有。老张自豪地说："我都说了没别的病，你们不信，非得检查。"院长高兴地说："您老没什么病就好。我给您老开点药拿回去。"院长就吩咐一个医生去抓几样药拿来。

老张让老伴拿钱。院长忙挡住说："不用，不用了，这点药没几个钱。"

老张说："吃药花钱，怎么能不花钱呢？不行，这钱一定要给的。"

院长笑着说："您老可真是太认真了。这药钱您老不用拿，我管张县长要就得了。"

老张一怔，老张心里就明白了。

院长说："我找车把您送回去吧！"

老张挥手说："不用。"老张抬脚就走。

院长紧跑几步撵上说："您老再感觉身体不舒服不用往医院跑的，打个电话给我，我去您家给您瞧。"

老张不理院长的话，生气地一个劲儿往前走。

院长有些尴尬，院长扯住老张老伴说："这老爷子脾气挺大的，以后你们身体不舒服就给我打个电话，我立刻就去的。"

老张回到家，老张气呼呼地给小张打电话，老张说："你问问那个院长，到底是谁有病啊？"

小张听了老张的诉说，小张笑着说："还是您有病啊，这都什么年代了。"

老张啪地摔了小张的电话。

超前意识

许厂长参加完县里召开的下岗职工再就业大会回来，立即召开了厂领导办公会议。许厂长说："县里有明确要求了，凡是有下岗职工的企业都必须建立再就业服务机构，做好下岗职工培训等工作，争取使其早些就业。"

主管生产的张副厂长说："我们厂没有下岗职工，就不用建立再就业服务机构了吧？"

主管人事的李副厂长想了想说："从我厂目前的情况看，也许用不上三五个月就得有一部分下岗职工了，我们不早些做好准备，不先建立再就业服务机构，怕到时弄个措手不及呀！"

许厂长就赞赏地点点头说："对，李厂长说的有道理，我们应该有超前意识嘛。现在下岗的狂风暴雨我们想挡都挡不住啊！"

张副厂长不是心思地说道："咱们厂子深化改革不能光动嘴了，应该真正地好好研究一下新产品的开发，我已经把要开发新产品的论证都拿出来了，只要进行生产，销路一打开，不愁工人没活儿干，也就不存在工人下岗的问题了。"

许厂长说："说是说，开发新产品那需要一定投入的，这笔资金怎么办？我们现在还有这个能力吗？"

李副厂长也不悦地说："减员增效不也是深化改革的一项有效措

施吗？"

张副厂长心里就一声冷笑："少吃点，少出去考察几回，少盲目投入，新产品早都出来了。"

许厂长望一眼李副厂长说："防患于未然，成立再就业服务机构也不需要增加人员，从各车间抽几个人组成就得了。这个事，李厂长就具体负责一下吧。"

三天后，李副厂长把再就业服务机构人员名单报给了许厂长。机构由四名人员组成，机构主任由厂办公室主任兼任，成员有许厂长的外甥、张厂长的儿子、李厂长的妻弟……许厂长看了名单后什么也没说，在名单上签到：我无异议，张厂长无异议即办。

李副厂长就把名单拿给张副厂长看，张副厂长沉思片刻，提笔写到：我意人员过多，可去张小山。张小山是张副厂长的儿子。

李副厂长心里就不高兴了，但没说什么，把张副厂长签了意见的名单拿回来给许厂长看，许厂长看了，眉头皱了一下，提笔批示：人员不多，可换他人办。

再就业服务机构成立那天，张副厂长回到家中，对生气的儿子说："你辞职吧，我把所有的积蓄都给你，再找亲戚朋友凑些，爸爸帮你开个小厂子。"

半年后，厂子工人呼啦啦下岗了三分之一，因提前成立了再就业服务机构，下岗的工人都得到了及时培训，厂子得到了县里的赞扬。许厂长也因有此超前意识而提升，调到了局机关去了。在确定新厂长时，许厂长说："李厂长还是不错的，目光看得远，也很有超前意识的。"李副厂长做了厂长。

张副厂长辞职了，是自己主动要求辞职的。张副厂长辞职后，下岗的那三分之一的工人就都跟随张副厂长来到了他儿子的小厂子。工人们把下岗的安置费入股到张厂长的厂子，小厂子变成了大厂子。

又过了半年，李厂长的厂子里工人又下岗了一半。而张厂长的厂子也同时增加了一半的工人。

一年后，张厂长要把李厂长的厂子全都收购过来了，谈合约时，张厂长对李厂长说："厂子里的一切我都要，但有一样我不要，就是有超前意识成立的再就业服务机构。"

李厂长脸刷地红了。

及时烟

好友小张，混迹机关十余载，一心想谋个一官半职，但一直未能实现此心愿。

一日，几个好友相约去郊外游玩，小张也在其中。午时野餐，因游览了自然风光，呼吸了新鲜空气，心境自然无比舒畅，就免不了开怀畅饮。俗话说，烟酒不分家，喝酒之时，除了不吸烟的小张之外，我们几个烟民不停地吞云吐雾，结果是酒至正酣之时，带的两包烟抽没了。这可要了我们几个瘾君子的命，立刻感觉口舌麻木，酒都喝不出滋味来了，赏心悦目的自然风光也无法让我们的心境再舒畅下去。我们野餐的地方前不见村后不见店，想买烟也无处买去，大家长叹一声，看看一地的烟屁股，兴致全无地准备拍拍屁股起身回去。小张这时冲我们几个嘿嘿一笑，变戏法似的从兜里掏出一盒中华烟来，冲我们一晃，我们立刻精神一振，两眼放光不约而同地伸手去抢小张手里的烟。一人点燃了一只，美美地吸了两口后，我们几个精神头又上来了，纷纷和小张很响地撞了一杯酒后，问小张："你不抽烟，怎么兜里还装着烟呢？而且还这么高档的烟？"

小张一笑说："你们以为这烟是给你们准备的呀！这是我给我们局长准备的及时烟。我们局长就抽这烟的。"

我们便愣住了，不解地望着小张。

小张望着烟说："说了你们可能不信，我准备这盒烟是在等待一个可以让局长重视我的机会，局长重视我，我才能升官升职啊！"

我们说："一盒烟和你被局长重视有什么关系？"我们实在想不出这二者之间有什么关联来。

小张望着我们说："知道我们局的事务主任是因为什么提起来的吗？"

我们摇头。

小张说："就是因为有一次集体学习，上级领导来讲课，我们局长的笔写着写着没水了，这时领导正讲得起劲儿呢，局长既不能起身出去找笔，又不能不记，你们想想，我们局长这时候心里该多着急啊！就在这时，坐在不远处现在的事务主任原来跟我一样的一个小办事员从兜里掏出一支笔来，起身拎起水壶给领导们去倒水，来到我们局长的面前，很随意地把笔放在了我们局长的桌子上。其实他倒水是假，给我们局长送笔才是目的啊！但人家做的那叫一个好。想想，这是雪中送炭啊！没几天，那小子就被提了事务主任的。听说，我们局长在提名那小子当事务主任时说，送一支笔是小事，但却从中体现出一个人做事情的细致周密之处，这样的人不适合做事务主任还有谁适合？

我们听得津津有味。但觉得似乎不太可信，目光狐疑地望着小张。

小张脸红红的，除了酒精的作用之外，还有讲述他们局的那小子被局长重用的刺激。小张接着说道："想想，一定是那小子早就有准备了，要不他怎么会那么快就拿出笔给局长送去了呢？"

我们赞同地点头说："是个人精啊！懂得抓机会。"

小张说："其实机会人人都有的，就看你能不能抓住，我相信我也有机会的，我绝不能放过。"小张拿起烟盒发狠地说道。

我们说："你们局长什么时候能像缺笔那样缺烟啊？"

小张目光坚定地说："会有机会的，就像现在你们抽我的烟，你们想到了吗？这是你们给我的机会，你们心里对我什么感觉呀？"

我们立刻感激不尽地说："谢谢！谢谢！"

那次野餐后不久，小张还真碰到了一次局长缺烟像缺笔那样的机会，因为小张一直时刻准备着遇到局长缺烟的机会，当然不会放过的。局长领着全局的干部职工去郊外义务植树，局长植树植得有些乏了，想抽根烟解解乏，一摸兜，才知道，来植树前换了一身衣服，没带烟的。局长烟瘾很大，想抽烟的时候抽不到烟跟我们这些瘾君子一样，就有些迷瞪。小张在不远处一直瞄着局长呢，看局长摸兜后眼发直，心下立刻惊喜不已，心跳得几乎要蹦出来。小张便迅速地走过去，从兜里摸出一盒中华烟来，因为太激动，手都有些发抖，撕开烟盒，及时递给局长一支，在局长惊喜的目光中给局长点燃了及时烟。

　　局长目光赞许地望着小张，深深地吸了一口，局长猛地咳嗽了一声，望着小张的目光骤然冷了下来，把抽了一口的烟扔在地上，用脚狠狠地踩了一下，说："这烟是假的。"

　　小张立刻感觉头晕气短，差点没瘫坐在地上。

重要位置

小张和小李是同一天来局里上班的。报到那天，局办公室主任把他俩领到局长办公室，请示局长如何安排他俩的工作岗位。俩人见了局长都很拘谨，尤其是小张，从来没有见过局长这么大的领导，头都晕了，愣愣的。小李还好些，虽然也紧张，但始终对局长谦恭地微笑着。正巧局长要喝水，拿起杯子要喝，杯子里没水，小李眼尖手快，连忙取过暖瓶给局长倒上了。局长喝了一口水后，指着小李对办公室主任说："他就留在办公室做个秘书吧！"局长头一转望了一眼小张说："值班室的老王不是不干了吗，让他先去顶一顶吧！"

于是，小李就留在了局长办公室当秘书，小张则去了值班室。办公室秘书的位置是很令人羡慕的，小李刚来局里就留在局长办公室做秘书，可谓是一步登天了。有的人是怕一步登天的，因为他没经历过苦难，就不会懂得世故的艰难。一步登天的小李傲气了起来，除了局长以外，局里的其他人小李都不怎么恭敬，连几个副局长在内。有一次钱副局长来找局长说事，就让小李给挡了，闹得钱副局长很不高兴，局长也不见了，气哼哼地走了。

去了值班室的小张，其实跟各个单位打更把门的老头没什么区别，区别也就是别的单位把门的大都是货真价实的老头，而这里却是刚刚参加工作还极为年轻的小张。值班室能有什么事，除了来人登个记，就是收收信件什么的。做这些事对年轻的小张来说是一种煎熬，但小张始终做得很好，从来没有埋怨过，对待来人总是客客气气热情接待，也不光是对外来人，对局里的人也是如此。局里的人上下班什么时候出去进来的都要经过值班室门口，只要经过了，不管是谁，小张都要站起身来对其微笑一下，包括一同来的小李。只不过每次小张对小李微笑，小李都像没看见一样，昂着头就过去了。

　　小张的微笑和礼貌没多久就赢得了局里人的赞许，尤其是赢得了钱副局长的赞许。钱副局长每次路过值班室门口时，只要不是太忙，都要站一下脚步的，对微笑着的小张点点头，甚至还多次走过来拍拍小张的肩膀。虽没说什么，但也让小张受宠若惊了，相对一步登天的小李来说，这可能不算什么，但对在值班室里的小张来说，能得到一个副局长的赞许已是天大的荣幸了。

　　一年后局长调走了，钱副局长升任了局长。钱副局长当了局长后，有一天领着几个副局长从外面回来，经过值班室门口时，钱局长站住了，钱局长指着微笑着起身迎立的小张，对几位副局长说："小张的位置很重要啊！看着是一个小小的不起眼的值班室，可它代表着咱们局的对外形象啊！"副局长们都点头称是，一致赞同钱局长的说法，都说值班室很重要，小张的位置很重要。在以后的日子里，钱局长不止一次经过值班室门口时对跟随他的人说道："小张的位置很重要啊，这可是对外的第一个窗口啊……"不久，局里人都知道，小张工作的值班室是局里一个很重要的位置。

　　年终时，局里要进行工作岗位调换，钱局长在局办公会上说道："小张那么重要的位置也要调换一下的，重要的岗位不能总一个人坐着。"局长办公室主任问钱局长："小张那么重要的位置谁能接替呢？"钱局长想了想说："小李怎么样？年轻人嘛，是要在重要的岗位上锻炼一下的。"

　　小李就接替了小张去了值班室。

　　只是，小李接替小张到了值班室后，小李一次也没听钱局长说过值班室是个很重要的位置的话。

你看你能做什么

同学安文大专毕业后，很长一段时间没有找到工作。也难怪，现在研究生找工作都困难，何况是一个普普通通的大专生呢！安文一开始也这么想，后来安文彻悟，说现在研究生找工作都困难的说法是不正确的。安文的想法转变之后，很快就找到了工作，安文的求职经历对我们每个人都应该有所启发。

安文去一家新成立的公司应聘，那家公司正在招聘员工，招聘员工的学历条件必须是大本学历以上，安文只是个大专学历，与大本学历差一截，但安文还是去了。在前去公司应聘的人员中，都是大学生，不少人还是研究生，唯独安文是个大专生。负责招聘的人看了安文的档案后，微笑着对安文说："你的学历不符合我们的招聘条件。"安文说："我知道。但我想，你们是新成立的公司，总会有我能做的事情吧？"招聘人员望着安文说："你看你能做什么？"安文说："当清洁工行吧？"安文的回答使前来应聘的人把目光纷纷投向他，惊异地望着他，怀疑安文是不是脑子有毛病。招聘人员也愣住了，看安文是认真的，招聘人员说："当然行，我们是准备去劳务市场找一名清洁工的，清洁工是不需要学历限制，当然工资也是很低的，你是个大专生，你不觉得……"安文微笑着说："我不觉得什么，我想我能干好清洁工的工作。"招聘人员立刻说："那好，你现在就可以办手续了。"来应聘的人不可理解地对安文摇头叹气："干清洁工，怎么想的呢？"结果那天应聘人员中只有安文顺利应聘了，落聘的人都认为自己的学识、能力与公司所给予的职位与条件不相等，大材小用了。他们真不理解安文，一个大专生竟然主动要求去做清洁工，干又脏又累的活儿，拿很少的钱。

是的，安文的做法很难让人理解。我给安文打电话，安文说："你说我能做什么？""我哪里知道你能做什么，可你毕竟是个大专生啊！"我说。安文说："我认为我能做好清洁工，我就做了。学历能代表什么，它只能代表我所接受的教育程度，并不能代表我的实际工作能力。"我想，安文的话应该是有道理的，谁说一个大专生就不可以干清洁工呢？一个清洁工怎么就不可以是大专生呢？没有人规定，人都是自己给自己找一个规定。

安文的清洁工做得很好，兢兢业业，十分认真仔细，他每次清倒各个办公室的纸篓，都要把纸篓里的整页纸张一点点撕碎，撕得碎碎地再倒掉。很多人都不明白他为什么这么做，也没有人问过他，因为他只是一个清洁工，没有人乐意同他说话。有一天，安文正在走廊里撕倒出来的纸，公司经理正好看见了，经理就过来问他："你这是做什么？"安文说："我想，作为一个公司，不经意扔出的一张废纸，都有可能成为竞争对手的取胜法宝，这样的事例是有的。"经理愣住了，随后慢慢蹲下身来，跟安文一起把纸撕碎，撕完纸，经理对安文说："你跟我来吧，我想，我需要你这样一位细心的人做秘书。"

安文的经理秘书做得也十分好，给经理提了不少好的建议。安文现在已是公司的副经理了，他的手下有一批拥有大本和研究生学历的员工，可他还只是一个大专学历的人。在一次同学聚会上，讲起自己的工作经历，安文最后说："一个人只能在工作中实现自己的价值，而不是用自己的所谓价值去寻求工作。领导也只能在你的工作中发现你的才能，而不能把你所说的才能放在你要求的工作中去，想不通这个，找工作是困难的，即使找到了工作，也是无法做好的。"我想，安文的话是最好的道理了。

谁坐公交车

市委召开会议，号召领导干部率先垂范，以各种形式开展聆听民声活动。局长老张领取会议精神后，回到局里苦思冥想了好几天，也没想出一个既新颖又能切切实实聆听民众心声的方式。老张安排过上级领导亲民近民聆听民声活动，自己也参加过，可是，有哪一次不是事先安排好了的呢？哪一次不像是演戏一样地走走过场呢？老张这次不想走走过场的，老张想真正地聆听一下人民群众对他这样领导干部的心声。

终于，在一个阳光明媚的上午，站在窗前望着熙熙攘攘人流涌动的大街的老张触发了灵感，当一辆公交车在大街上缓缓而过时，老张心中一动："有了，坐公交车。"老张立刻出了办公室，要去坐公交车。在秘书室候着的司机小王看老张出来，立刻问老张："局长，去哪儿？"

老张冲小王摆摆手说："不用车，我去坐公交车。"

小王一惊，脸色惶恐地望着老张说："局长，我哪里没做好，您只管批评，您怎么能坐公交车去呢？"

老张望望惊慌失措的小王，笑笑说："没事，没事，我就是想坐坐公交车。"

小王疑惑不解地说："那我跟你去吧。"

老张坚决地阻止了小王。

老张来到大街上，正好有一辆公交车驶过来，老张连忙挥手，可公交车没停，贴着他的身体嗖地开了过去，开出一百多米远后停下来，车门打开，乘务员伸出脑袋冲老张喊道："你不上车吗？快跑两步。"

老张就紧跑两步，呼哧带喘地上了车。老张呼哧着埋怨乘务员说："我挥手你不停，开出这么远才停呢？"

乘务员就瞧稀有动物似的看了老张一眼，说："你这话说的，我们敢在大街上随便停车吗？不得到站点才能停嘛！"

老张脸倏地红了，自己竟忘记公交车是必须在站点停靠的。

老张在座位上坐下来，乘务员举着票夹子过来让老张起票。老张从兜里掏出一张百元大票递过去。乘务员一看百元票说："拿零钱。"

老张说："没零钱。"老张是真的没零钱，老张基本上不买东西不花钱，兜里哪来的零钱。

乘务员就有些不高兴地说："成心赖票啊！瞧你穿得溜光水滑的，怎么这样啊！"

老张啥时这么挨呛过，脸色立刻涨红了，对乘务员说："怎么说话呢？我至于赖一张车票吗！"

乘务员就没好气地说道："你拿一百元钱来买一块钱车票，你说是不是要赖票的？你想坐公交车你不把零钱准备好，你说你不想赖票是什么。"

老张的脸就变成了猪肝色，气愤地说："我一个局长能赖你一块钱票钱啊！给你。"老张啪地把一百元钱拍在了乘务员手上说："就当一元钱了。"

乘务员愣住了，看了看老张，口气缓和说道："还真像是张局长的，我在电视里见过张局长。"

老张口气硬硬地说："不是像，我就是。"

乘务员就把一百元钱递回老张说："实在没零钱，那就算了。"

老张脸色才慢慢地缓和下来。老张脸色还没有缓和成本色，坐在老张身边的一个老者说了一句："长的像也不见得是。"

乘务员的目光立刻又狐疑地盯在了老张的脸上，目光同时罩住了老张

· 200 ·

还没有收起来的一百元钱。

老张偏头问老者："凭什么说我不是局长？"

老者一笑说："如果你真是局长，你干吗有小车不坐来坐公交车呢？"

老张张了张嘴，老张不能说自己响应市委号召聆听民声来了。老张苦笑着说："不坐小车坐公交车我也是局长，这是事实。"

老者就又笑了笑，望着老张手中的一百元钱说："如果真是局长，也不至于拿一百元钱当一元钱使吧！看来也是个腐败局长，没少贪啊！"

老张望着自己手里的一百元钱一时有些呆。坐在老者身后的年轻人往前探了下头，对老张说："就是，如果你真是局长，何苦坐这公交车呢？坐小车多舒服啊！一百元钱，打车都够围城跑一圈的了，不是钱贪得太多烧的，就是有病啊！"

老张的脸呼地热了起来，脸皮火烧火燎的，老张望望老者，又望望年轻人说："我就是想坐坐公交车的。"

老者摇了摇头，不相信地把头转向了车窗外。

年轻人嘻嘻一笑说："噢，我明白了，如果你真是局长，你坐公交车不坐自己的小车，是为了避人耳目，是不是偷着去会情人呀？"

老张腾地站了起来，脸红脖子粗地喊道："停车，停车，我要下车。"

乘务员冷冷地说道："到站点的吧，你的车票钱还是得交的。"

车在站点停下来，老张把一百元钱拍在乘务员的手中，跳下了车。老张立刻给司机小王打电话，老张愤愤地说："快点开车来接我。这公交车真是坐不得！"

减 肥

胡贵当了局长后，身体就吹气球似的一天天圆了起来。胡贵知道自己开始发福了，胡贵很高兴。原来的胡贵是很瘦的，像个非洲饥民。非洲饥民，电视和画报上都见过，真是瘦得万分可怜的。胡贵不想自己被人可怜，还巧来了容易胖的机遇，当了局长，因此胡贵的身体就在局长的位置上渐渐沉重了起来。直到有一天，胡贵的老婆实在看不下去了，拉着胡贵去量体重，胡贵才知道自己一米六五的个头都二百斤了。

胡贵的老婆不满意和担心地说："你现在就属于过度肥胖了，过度肥胖是容易引发心脏病、高血压、动脉硬化等许多疾病的。"

胡贵说："我有什么办法呢？没办法。"没办法的胡贵还照样让自己的体重增长。有一天，胡贵碰见退休了的老局长，老局长看了胡贵好半天，不认识似的，把胡贵都看毛了，老局长才说话，老局长对胡贵说："你要注意身体了，太胖了不好。"胡贵笑着说："没办法，有什么办法呢！"老局长就很意味深长地笑了笑，走了。老局长走了，胡贵才明白老局长的话和笑的内在含义，老局长不是关心他的身体有没有毛病，而是说他太胖了要影响他个人形象的。过度肥胖就是腐败的一种，这是老局长曾经说过的一句话。老局长也胖过，但从来就没过度肥胖过，控制得很好。胡贵可不想给人腐败的形象，就去了医院。医生给他检查了一下身体，由肥胖引起的各种疾病都快全了，医生还告诉他，如果再不减肥，随时都可能有生命危险。

胡贵就蒙了,心惊肉跳的。胡贵的局长做得滋润着呢。胡贵忙说:"我减肥,我减肥。"

医生说:"最好的减肥方式就是运动,既减肥又能使身体得到锻炼,增强肌体功能。最快的减肥方式就是做手术,抽出你多余的脂肪,但费用比较大,也有些痛苦。"

胡贵想了想说:"我还是运动减肥吧。"胡贵不是怕花钱,是有些怕痛苦,更主要的是自己做减肥手术许多人都会知道,知道了对自己影响也不好。

胡贵就开始了运动减肥。

胡贵的运动减肥自然不会理想。胡贵是局长,上面来人要陪吃陪喝,下面单位要请吃请喝,上面的不能不陪,下面的不好意思不吃,胡贵哪里会有医生要求的那么多时间做减肥运动呢。再说,运动减肥虽然费用小没痛苦,但也是很辛苦的。胡贵已经不适应很辛苦的工作和生活了,这辛苦的减肥运动他还能坚持久了吗?没到半个月,胡贵的减肥运动就宣告失败结束了。胡贵对医生说:"除了这最好的和最快的减肥方式,你能不能帮我找一个既不痛苦又不辛苦的减肥方式。医生想了想说:"那你就吃药吧,药物减肥。不过,减肥药对某些人有效果,对某些人没效果,我不敢保证你吃了有没有效果。"

胡贵说:"有没有效果我试试不就知道了吗!"

胡贵就开始药物减肥了。胡贵吃了两个月的减肥药,没效果。医生说:"我没办法了,不过我可以控制你因肥胖引起的疾病,不让你生命有危险。"胡贵想想,也没有别的办法了。胡贵就家里、单位摆满了药,一把把地往嘴里塞。好在吃药不是件十分痛苦的事。

有一天,胡贵去市委大院办事,在院里碰见了纪检书记,胡贵不知道那天纪检书记多喝了点酒,有点兴奋,没控制好自己,在和胡贵握手时,顺手在胡贵的肚子上拍了拍,说了句:"腐败了,腐败了。"胡贵还笑着说:"没办法,没办法。"纪检书记过去了,胡贵突然想起了纪检书记是从不与任何人开玩笑的人，还从来没人看见过纪检书记和谁说笑过呢。纪检书记的话立刻就重击在了胡贵的心口处。胡贵就忘了要办什么事，恍惚地就回来了。

胡贵就开始瘦了，胡贵总想着纪检书记的那句话。

胡贵一天天地瘦下来，都快瘦成非洲饥民了，胡贵还在想着纪检书记的那句玩笑话。

找朋友

同学小王认为自己是个聪明人。聪明人做事总是想着自身利益的得大于失。当然，也有聪明人不太注重利益得失的，不过这样的人很少。小王自然不是后者。

小王到乡政府工作后，首先想到的就是在机关里找两个靠得住的知心朋友。因为机关里不仅复杂，而且勾心斗角、相互挤兑，如果没有两个与自己同仇敌忾的朋友，生存下去都是很难的。有了要好的朋友，相互就有了照应，就不是一个人作战了，战争，以少胜多的毕竟是少数。

小王找朋友的标准是，这个人一定要乐于助人。我问为什么一定要乐于助人呢？小王说："乐于助人的人一定是个心地善良的人，心地善良的人才能与你坦诚相待。"我觉得有道理。小王又说："乐于助人的人才能在你有困难的时候不退缩，伸出援助之手。"我觉得这道理更对。我问小王："可你怎么能知道谁乐于助人呢？要知道，机关里的人把内心隐藏得都很深的。"小王笑笑说："我有办法，一个相当绝妙的办法，一试就知道的。"我问小王，小王不说，小王说："你瞧好吧！很快我就能找到朋友了。"

后来我知道了小王找朋友的绝妙办法。

小王是在夜深人静的时候，悄然来到乡政府，贼似的四下看了看，确信鬼影儿都没有一个，立刻跑到大门口，把憋了一天的一泡屎拉在了大门口。

次日一早，天蒙蒙亮，小王便来到了乡政府，走进大门时望了眼自己的那泡屎，心中暗笑，绕道而过。小王的办公室正好对着大门，从窗户一眼便可以把大门口看得清清楚楚。小王目不转睛地盯着大门口。小王认为，如果谁把这泡屎收走处理掉，这个人一定就是个乐于助人的人，也就是小王要找的朋友。

陆陆续续地有人来上班，可没有人把那泡屎收走。走进大门的人自然都看到了那泡屎，要么立刻绕道快步而过，要么捂着鼻子面露厌恶一跳而过，也有骂上一句两句缺德之类话的，骂完了也迅速地走掉了，就是没有人把那泡摆在大门口的屎处理掉。

偷望着大门口的小王，心中感慨万千，看来，要想在这里找一个乐于助人的朋友真是太难了。上班时间已过，看看大门口已是难见人影儿，小王心中一片灰暗。

办公室主任推门而进，望了一眼回转头来的小王，面带微笑地说道："看到没有，这是群众对乡政府有意见呢！"小王差点没笑出来。

主任走到窗前，望着大门口问道："小王，来几天了？"小王忙说："不到一周。"主任的目光没有撤回来，点了下头说："年轻人，刚参加工作，要尽可能地给领导和同事们留下个好印象，这对自己今后的成长有利。"

小王就觉得自己的脸热了起来。

小王望了一眼大门口自己的杰作。

主任叹了一口气，把目光收了回来，转身往出走说："我得把它处理掉，这像什么话。"

小王就打个颤，忙往出跑说："我去，我去。"

小王就跑出去把那泡自己为了找朋友而弄下的杰作处理掉了。

小王对我说："你知道我收那泡屎时是什么心情吗？"

我说："你一定痛恨自己不该拉这泡屎。"

小王噗地笑了说："怎么会呢？我高兴着呢，主任的话说得多好啊！

我这不是给自己弄了一个表现的机会吗？"

　　主任的话是有意而为的，就是为了让你去处理那泡屎。这话我想对小王说却没有说，我不能让小王对主任的话产生反感，这对小王在以后的成长会不利。

　　我说："现在可以证明在机关里你找不到朋友的吧？"

　　小王一摆手说："哪里，多着呢。自从那天我处理了那泡屎，已经有十几个人单独找我，要交我这个朋友呢，他们都说，从我处理那泡屎的行为上就知道我是个乐于助人的人……"